KB133054

나의 경쟁력을 높여주는 대화의 기술

나의 경쟁력을 높여주는 대화의 기술

초판 1쇄 인쇄_ 2011년 11월 25일 | 초판 1쇄 발행_ 2011년 11월 30일
지은이_필립 박 | 펴낸이_진성옥 · 오광수 | 펴낸곳_꿈과희망
디자인 · 편집_김창숙, 박희진 | 마케팅_최대현, 김진용
주소_서울시 용산구 갈월동 101-49 고려에이트리움 713
전화_02)2681-2832 | 팩스_02)943-0935 | 출판등록_제1-3077호
http://www.dreamnhope.com| e-mail_ jinsungok@empal.com
ISBN_978-89-94648-17-0 03810
※ 책값은 뒤표지에 있습니다.

나의 경쟁력을
높여주는
대화의
기술
필립 박 지음
꿈과 희망

'어떻게 소통할 것인가?'

예나 지금이나 자신의 인생을 성공적으로 이끌어가려는 사람들은 자신의 능력과 열정을 불사르며 목표를 하나둘씩 일구어간다. 그것은 한 사람의 인생에서 가장 가치있는 일이자 곧 살아야 하는 아니 살아가는 이유가 되기도 한다.

저마다 성공을 향한 길을 걷는 현대인들에게 능력과 열정만큼이나 중요한 또 한 가지가 있다면 바로 말을 잘하는 기술, '화술'이다.

어떤 정치인은 말 한 마디로 인해 잘 오르던 계단에서 추락하기도 하고, 또 어떤 이는 자신만의 독특한 화술을 대통령이 되는데 핵심 에너지로 활용하기도 했다. '말 한 마디로 천 냥 빚을 갚는다'는 옛 속담은 이처럼 현대사회에서도 변함없이 통한다. 이를 테면 화술은 성공과 실패를 갈라놓는 잣대가 되는 셈이다.

세계적인 피겨선수인 김연아도 처음 세계주니어피겨선수권 대회에서 우승한 후 귀국 인터뷰 장에서 기자가 한 질문에 대해 제대로 대답하지 못했다고 한다.

그 후 김연아는 피겨스케이트 연습을 열심히 한 것처럼 화술테크닉 연습도 지독히 하여 평창동계올림픽 유치위원으로서 전세계 IOC 대표들 앞에서 전혀 떨지 않고 영어로 자신의 의견을 소신껏 발표함으로써 평창동계올림픽 유치에 1등 공신이 되었다.

유명인의 특강에는 단 몇 시간의 강의를 듣고자 몰려든 사람들이 수십만 원의 참가 비용을 들고 줄을 서기도 하며, 사회 각계의 유명인사들이 말 잘하는 한 여성 MC가 진행하는 토크쇼에 출연하는 것을 영광으로 생각한다.

지금 우리가 말 잘하는 사람이 되고자 화술에 주목하는 것은 다름 아닌 원활한 소통에 있다. 사람과 사람이 한데 어우러져 살아가는 세상에서 일방적인 소통이 아닌 쌍방향의 오고가는 소통이어야 하며 이는 매우 중요하다.

'나는 사람들과 어떻게 소통할 것인가?' 라는 생각을 한번이라도 가져본 사람이라면 이 책을 통해 공감을 형성하고 스스로 화술을 익히는 기회를 찾는 의미있는 시간이 될 것이다.

저자 필립 박

제1장_ 직접, 가까이 다가가는 화술만이 마음을 잡을 수 있다

즐거운 대화가 되려면
자신에게 익숙해진 것, 자신이 좋아하는 것을 대화의 테마로 삼기보다는
상대가 관심을 갖고 즐겁게 말할 수 있는 내용을 테마로 삼아야 하며
상대가 다가오기를 기다리지 말고 내가 다가가야 한다.

수다를 경멸하지 마라

크레디트 스위스 기업커뮤니케이션의 박현정 이사가 한 신문의 칼럼을 통해 보여준 대화법은 매우 인상적인 메시지를 담고 있다. 전형적인 서양식 스탠딩 파티에 갈 때마다 절실해지는 게 하나 있는데 바로 잡담의 소재가 그것이라고 했다. 언어와 문화가 다른 이들과의 사교를 위해서는 편안한 수다인 잡담이 반드시 필요한데 다양한 사람들이 흥미를 지닐 만한 공통 코드를 찾는 게 쉽지 않다는 얘기다.

우리의 사교모임과 서양식 파티는 아직도 많은 차이가 있다. 서로 다른 직업을 가진 사람들이 모이게 될 때 우리는 누구나 거부감 없이 함께 먹을 수 있는 음식 메뉴를 찾아 모임 장소를 정한다. 모임 시에는 예의바른 자세로 자신의 자리에 앉아서 식사를 하고 술을 권하되 대화 시 가능한 한 진지한 태도로 말을 최대한 아끼며, 연예계, 성 등과 같은 가벼운 얘기도 자제하지만 정치나 돈, 학력 등에 대한 얘기도 가능한 한 자제하는 편이다.

그러다보니 동창회나 회사 회식이 아닌 이상 자기 품위 유지를 위해서라도 먼저 화두를 꺼내지 않으려 하고 상대의 말에 자신의 의견을 솔직하게 밝히는 것조차 꺼려한다. 그러다보니 다소 경직된 분위기가 연출되는 일이 많다. 노래를 하거나 2차 술자리나 되어야지 분위기는 다소 밝게 바뀌는 편이다.

하지만 서양 사람들은 다르다. 그들은 맥주잔이나 와인잔을 손에 들고 있지만 벌컥벌컥 마시면서 누가 더 잘 마시나 경쟁이라도 하는 우리와는 달리 술은 마치 음식 간을 보듯 조금씩 입술을 축이는 정도이고 이 사람 저 사람 돌아가며 즉흥적으로 새로운 주제를 찾아 대화를 줄기차게 이어가면서 수다를 즐긴다. 때문에 상대가 누구냐에 따라 자연스럽게 대화의 주도권과 질서가 결정되는 우리식 대화법과는 달리 모두가 주인공이 되어 대화 자체에 집중하고 적극적으로 참여한다. 이럴 경우 우리는 말 많은 사람을 '수다쟁이'라고 흉보기도 하지만 그들은 수다 그 자체가 뛰어난 화술이고 자리를 즐겁게 하는 것으로 여기기 때문에 흉을 보기는커녕 오히려 더 편하게 빨리 친해질 수 있는 파트너가 된다.

대인관계에서 직업, 나이, 학력, 취미 등이 서로 다른 사람들과 서로의 벽을 허물고 친해지는데는 수다만큼 좋은 것이 없다. 하지만 우리의 경우 잡담, 즉 수다에 대해 지나친 편견을 갖고 있는 사람들이 적지 않다. 특히 남성들의 경우 수다를 경멸하는 이들이 많다. 대인관계는 물론이고 가정에서조차 꼭 해야 할 말만 하고 불필요한 말은 자제하는 것을 미덕으로 여겨온 우리의 문화 탓이다.

시대는 달라지고 있다. TV나 라디오에서는 내놓고 수다코너를 마련하여 진행하고 있으며 시청자들에게 좋은 반응을 얻고 있다. 인기 프로그램으로 정착한 '미수다' 만 보아도 수다를 불편함 없이 받아들이는 우리 시대의 변화를 읽을 수가 있다. 여성들은 재미있게 말 잘하는 남성을 선호하며 대학 강단에서도 유머를 적절히 사용하면서 즐겁게 말하는 교수가 환영받고 있다. 대인관계에서의 대화 역시 다양한 지식과 상식으로 중무장하고 시사나 정치 얘기를 들춰내는 무거운 대화는 더 이상 환영받지 못한다. 처음 만난 사람이거나 아직 친근한 사이가 아닐 경우 오히려 서먹서먹한 분위기를 더욱 썰렁한 분위기로 몰고 가기 십상이다.

마케팅을 위해 고객을 자주 만나는 직업을 가진 사람이라면 말로써 상대를 즐겁게 해주면서 서로의 간격을 좁힐 수 있는 수다가 필수다. 또 모임이나 조직 내에서 가까워지고 싶은 상대가 있다면 대화의 주제를 어느 하나에 집중하지 말고 상대가 편안하게 듣고 맞장구칠 수 있는 다양한 얘깃거리를 끄집어내서 즐겁게 말하는 것이 현명한 처세다. 대다수의 사람들은 만나면 부담없고 즐겁게 분위기를 이끌어가는 사람에게 호감을 갖기 마련이다.

넛지있게 접근해라

네덜란드 암스테르담 스키폴공항의 남자화장실 소변기 중앙에는 파리 모양 스티커가 붙어 있다. 하필이면 왜 스티커를 그곳에 붙여 놓았을까? 남자화장실의 소변기 주변은 아무리 깨끗하게 청소해도 튀어나온 소변들 때문에 수시로 닦아주지 않으면 안 된다. 공항측이 변기 밖으로 튀는 소변의 양을 줄이려고 내놓은 아이디어다. 얼마나 효과가 있을까 의심이 갔다. 하지만 결과는 놀라웠다. 소변을 보는 남성들이 무의식적으로 파리를 맞추려 하면서 밖으로 튀는 소변의 양이 80%나 줄어들었다. '소변이 밖으로 튀지 않게 하세요' 라는 경고나 금지표시도 없었고 파리를 겨냥하라는 조언도 없었는데 의외로 좋은 결과를 얻은 것이다. 미국의 한 대학 역시 이와 비슷한 방식의 연구 결과 '깨끗이 사용합시다' 란 표어를 붙이는 것보다 훨씬 더 높은 효과를 나타냈다고 한다.

이것이 바로 넛지다. '넛지(Nudge)' 란 '팔꿈치로 쿡 찌르다', '슬쩍 밀다' 란 뜻으로 대놓고 '나를 따르라' 가 아니라 상대가 스스로 나를 따라오게끔 유도하는 것을 말한다. 지난해 미국서 캐스 R. 선스타인, 리처드 H. 탈러가 공저한 『넛지(Nudge)』란 책이 히트를 친 후 올 초 국내에도 본격적으로 알려지면서 책이 히트를 치고 최근에는 다양한 넛지 마케팅에 적용되고 있다.

넛지 마케팅이란 말 그대로 소비자에게 구매를 강요하기보다는 간접적으로 제품을 어필한다는 것이다. 상대가 내 것을 자연스럽게 선택하도록 유도하는 부드러운 개입이다. 사실 국내에서도 넛지 마케팅은 이미 오래전부터 펼쳐지고 있었다. 이를 테면 편의점의 계산대에는 껌이나 초콜릿 같은 작은 상품들을 진열대 한 편으로 진열해놓는다. 굳이 이거 사라고 말하지 않아도 고객들은 계산을 하면서 제품에 주목하게 되고 가격이 저렴한 제품들인 만큼 남은 잔돈으로 구입하는 편이다. 그렇다면 뛰어난 화술이야말로 넛지라는 무형의 도구를 활용하여 아주 쉽게 풀어갈 수도 있다.

사교 모임에서 만난 사람이 자신의 집에서 멀지 않은 곳에 사는데다 나이도 비슷하고 성품이 좋아 보여 친구처럼 더 가까워지고 싶다. 술을 좋아하지 않고 과격한 운동도 좋아하지 않는 내성적인 스타일인 걸 보면 자신이 좋아하는 산행을 같이 하자고 하면 좋을 것 같다는 생각이 드는 것이다. 이럴 경우 "저는 요즘 몸이 아주 가

벼워졌습니다. 체중도 원하던 대로 2킬로그램 정도 빠지고 가끔씩 다리가 저리고 어깨가 뻐근한 증세도 없어졌습니다."라고 말하면 상대는 당연히 "무슨 약을 드셨나요?"라고 물어보기 마련이다. 이때 자신이 즐기는 산행 코스와 방법 등을 자연스럽게 말하면서 산행으로 인해 달라진 자신의 건강을 들춰내면 상대는 분명 더욱 더 적극적으로 바뀔 것이다.

"저도 나이가 들어서인지 무릎이 뻐근하고 손발이 저릴 때가 많아요. 기회가 되면 같이 따라가 보고 싶네요. 산행이란 게 혼자서는 엄두가 나질 않아서요."

이쯤 되면 넛지 효과가 나타난 셈이다.

희망을 자극하면 독설도 화술이다

애플의 스티브 잡스는 프레젠테이션의 달인으로 통한다. 스티브 잡스는 프레젠테이션 오프닝에서 늘 "I' ve got some amazing stuff to show you."라고 표현하며 마무리에서는 "One more thing"이라는 말을 한다는 사실이 잘 알려져 있으며, 이는 그만의 독특한 화법으로 많은 이들에게 각인되어 있다. 듣는 사람들의 흥미와 긴장을 동시에 유발시키면서 관심을 집중케 하는 데는 꽤 효과적인 화술인 셈이다.

그런가하면 화술에 뛰어난 잡스가 2005년 스탠퍼드대 졸업 축사에서 졸업생들에게 한 연설 가운데 한 대목을 담은 영상은 당시 구글 비디오 인기 순위 '톱 100' 안에 들면서 세계 각국의 젊은이들의 마음을 사로잡기도 했다. "항상 갈망하고 언제나 우직하게(Stay hungry, Stay foolish), 매일을 인생의 마지막 날처럼 살아가십시오." 라는 말이었다. 이 같은 그의 메시지는 새로운 출발점에 선 이들에게 아주 소중한 조언이 아닐 수 없다. 더욱이 그가 좌절과 위기 속에서 다시 희망을 찾은 입지전적인 인물이기에 그 느낌은 더욱 강하게 와 닿았을 것이다.

하지만 스티브 잡스가 격려와 희망의 메시지를 정감있게 전하는 일은 그다지 많지 않았던 것 같다. 그가 독설을 자주 퍼붓는 경영자라는 소문을 들으면 그렇다. 일례로 그는 1983년 "평생 설탕물이나 팔며 살아갈 것인가."라는 자극적인 말로 펩시 사장 존 스컬리의 애플 영입을 성공시켰다. 또 미국의 기자들 중에는 그를 독설가이자 불안한 자기도취증 환자로 묘사하는 이들도 있으며, 애니메이션 장편영화 등에서 제작 활동을 하다가 10년 만에 애플로 복귀한 그가 직원들에게 모욕 주기를 즐기는 이른바 '공포정치'를 하면서 아이맥, 아이팟, 아이폰 등을 히트시킬 수 있었다고 말하기도 한다. 스티브 잡스가 일상에서 보여주는 화술을 긍정적으로 본다면 그의 독설은 단지 독설로 끝나는 것이 아니라 상대의 마음을 자극시켜 도전과 희망찾기로 유도하는 것이라고 할 수 있다.

물에 빠져 죽겠다는 사람에게 "죽으면 안 된다. 왜 죽으려고 하느냐."며 달래고 사정하기보다는 반대로 "죽고 싶으면 죽어라. 좋은 세상이 열리는데 왜 죽냐. 죽으면 너만 손해다."라고 독설을 퍼붓자 죽겠다던 상대가 약이 오르고 오기가 생겨 죽지 않았다면 이것이 바로 희망을 자극하는 독설, 즉 최고의 화술인 셈이다.

우리는 살면서 꼭 필요한 독설(?)을 쏟아놓아야 할 때가 종종 생긴다. 물론 가족이나 친구, 직장동료들처럼 절친한 관계가 아니라면 쉽게 해서는 안 되지만 사랑하기 때문에, 믿기 때문에 꼭 해야 된다고 판단된다면 해야 한다. 당장 상대가 들을 당시에는 쓰디 쓴 언어일지 몰라도 시간이 흐르고 나면 약이 되는 말이기 때문이다.

예능에는 아무리 객관적인 시각으로 봐도 재능이 안 보이는 조카가 개그맨이 되겠다면서 학업을 소홀히하고 있다고 치자. 삼촌이나 고모 입장이라면 "그래 하는 데까지 노력해 봐. 좋은 일이 있을 거야."라고 하기보다는 "너의 그런 재주를 보고 웃을 사람이 과연 몇 명이나 될지 스스로 생각해 볼 필요도 있지 않을까?"라거나 "네가 꿈을 갖는 것은 좋은 일이지만 현실적으로 불가능한 꿈을 꾸는 것은 인생을 갉아먹는 무모한 일이 될 것이다."라고 말하는 게 재치있고 유익한 화술로 남을 것이다.

칭찬이 좋다고해서 상황 가리지 않고 늘 칭찬만 하는 사람은 아첨꾼이나 다름없다. 싫은 소리이지만 상대에게 약이 되는 말이라면 거침없이 과감하게 던져주는 것이야말로 진한 애정과 관심의 표현이 된다.

상대방에게 희망을 자극하는 스티브 잡스의 독설을 따를 것인가? 아니면 정의를 버리고 자신의 성공만을 위해 국민들에게 듣기 좋은 말만 떠들어댄 어느 정치인의 감언이설을 신뢰할 것인가는 개개인의 선택에 달린 일이다. 독설이 때로는 보약이자 희망의 화술로 발전하길 원한다면 그 선택은 한결 쉬워질 것이다.

감동적인 이야기로 스토리텔링을 풀어내라

어느 해 여름날 땀을 삐질삐질 흘리며 찾아간 대구의 한 회사는 기름 냄새, 쇳덩이 냄새가 물씬 풍겼다. 여느 제조업체들이 그렇듯이 적당히 삭막하고 어수선한 듯했다. 파이프 피팅 업체로서는 손꼽히는 대표적인 기업이자 매출 규모가 100억 원대에 달하는 기업은 기업의 대외적인 이미지에 비해 공장 건물은 다소 초라해 보였다. 좁은 계단을 밟고 올라간 옥탑방 같은 대표이사의 집무실 또한 세련되지는 않았다. 그러니 이 회사에 대한 느낌이 왠지 불안하기만 했다. 하지만 이 회사 대표가 풀어놓는 창업과 성장사는 나로 하여금 찾아오길 백번 잘했다는 생각을 갖게 했다.

"제가 열다섯 살 때부터 공업사에서 일했어요. 스물두 살 되던 해 독립했는데 그 시절만 해도 미군부대에서 나온 중고부품을 재가공

해서 제품을 만들었어요. 직원은 저 말고 한 명이었어요. 우리 집사람입니다. 제가 만들면 아내가 자전거타고 배달했어요. 창업 후 5년 정도는 둘이서 그렇게 일했어요. 사실 그때는 지금처럼 일본에 수출할 거라고는 꿈도 못 꾸었어요. 먹고 사는 것만으로도 만족해야 하던 시절이었거든요.…… 33년 동안 한 분야만 걸어왔으니 다른 분야는 아는 게 없습니다. 말 주변도 없어서 인터뷰 같은 것 하지 않는 편입니다."

기업 성장에 대한 감동스토리를 찾아내는 게 목적이었으니 임자를 제대로 만난 것이었다. 주먹세계 보스나 복싱 선수 같았던 강하고 거칠어 보이던 사장의 얼굴이 한없이 인간적이고 정겨운 얼굴로 바뀌는 데는 불과 십 분도 걸리지 않았다. 오직 하나 그는 나에게 감동을 먹여준 것이었다.

감동적인 이야기로 자신만의 스토리텔링을 풀어낸다면 듣는 사람이 누구든지 상대의 마음을 사로잡는 일은 어려운 일이 아니다.

미국의 최초 흑인대통령 오바마는 각종 매스컴을 통해 '화술의 달인'이라는 얘기가 여전히 끊이지 않고 거론되고 있다. 오바마는 대통령에 당선된 날 밤 victory speech를 하는 도중 이런 말을 했다.

"But one that's on my mind tonight is about a woman who cast her ballot in Atlanta. Ann Nixon Cooper is 106 years old. She was born just a generation past slavery; a time when there were no cars on the road or planes in the sky;

when someone like her couldn't vote for two reasons- because she was a woman and because of the color of her skin. ~"

당선 당일 그는 자신의 마음에 떠오른 앤 닉슨 쿠퍼 할머니 얘기를 하며 흑인이고 여성이라는 이유로 투표권을 행사하지 못했던 그가 '흑인 여성으로 미국 사회에서 살아온 것'에 대한 입장을 자신의 성공을 통해 얘기한 것이다.

자신은 자신을 지지한 수많은 미국인들, 즉 그에게 있어서 우리는 결국 변화를 이루어냈다는 것을 밝히고, 그는 "yes. we can."을 외쳤다. 사실적이며 청중의 감성을 건드리는 이 같은 오바마의 화술은 미국인들의 열렬한 지지와 호응을 받았다. 성공담이든 실패담이든, 줄거리가 있는 이야기는 많은 사람들의 감성을 자극하고 감동을 준다.

요즘 스피치 전문가들은 화술을 필요로 하는 이들에게 스토리텔링을 권유한다. 전달하고자 하는 메시지를 강조하고 그 메시지에 대한 더 많은 공감을 이끌어내기 위해서는 자신의 이야기나 주변의 이야기를 최대한 자연스럽게 풀어놓으면 그 드라마 같은 이야기에 사람들은 감동과 공감을 갖게 되며 결국 환상의 커뮤니케이션이 이루어지는 것이다..

스토리텔링을 잘하는 방법

● 상대의 눈높이에 맞는 이야기를 찾아라

아무리 감동적인 스토리를 말하더라도 상대의 눈높이나 관심 밖의 이야기는 공감대가 약해서 감동을 주지 못한다. 가능한 한 상대가 이해하기 쉬운 이야깃거리를 찾아내 공감대를 형성하라.

● 자신의 경험담을 이야기하라

타인의 경험을 말하는 것보다는 자신의 경험을 밝히면서 깨달은 내용을 말하면 훨씬 효과적이다. 설령 자신의 실수나 단점이 드러나도 좋다. 지나간 얘기이므로 충분히 이해될 수 있다.

● 사실적으로 말하라

경험했던 그대로의 내용을 사실적으로 표현하라. 더 우아하고 더 화려하게 말하려고 하면 사실감이 떨어져서 감동도 작아진다.

강조하고 싶다면 반복어법을 구사해라

1963년 8월 27일, 미국의 인권 운동가 마틴 루터 킹(Martin Luther King, Jr.) 목사는 워싱턴 DC의 링컨 기념관 앞에 운집한 20여만 명의 시민에게 연설을 했다.

"100년 전, 우리 위에 그림자를 드리운 위대한 미국인(링컨)이 노예 해방 선언서에 서명했습니다. …… 하지만 100년 후 흑인은 아직 자유롭지 않습니다. 100년 후 흑인은 물질적 풍요의 바다 한가운데 뜬 빈곤의 섬에 갇혀 있습니다. …… 지금은 우리나라를 불의의 모래밭에서 건져 동포애의 반석 위로 올릴 때입니다."

그리고 킹 목사는 그날 현장에서 즉흥적으로 이런 말을 보탠다.

"나에겐 꿈이 있습니다. 언젠가 조지아의 붉은 언덕에서 노예의 후손과 주인의 후손이 동포애의 탁자 앞에 나란히 앉는 꿈이. 나에

겐 꿈이 있습니다. 4명의 내 아이들이 피부색이 아니라 인격으로 평가받는 나라에서 사는 꿈이."

〈나에게는 꿈이 있습니다〉라는 이 연설을 통해 루터 킹은 인종차별의 철폐와 각 인종간의 공존 사상을 간결하면서도 평범한 말로 호소해 미국민들로부터 공감을 불러 일으켰다. 법적으로 해방됐지만 실질적으로 구속된 흑인의 삶을 토로한 것이다. 그후 이 연설문은 다시 존 F. 케네디 대통령의 취임 연설과 함께 20세기 미국을 대표하는 명연설로 유명해졌다.

대화나 연설 시 같은 언어의 반복과 운율은 좋은 효과를 가져온다. 자신이 좋아하는 어구를 반복 사용함으로써 자신이 주장하는 내용이나 강조하고 싶은 것을 상대로 하여금 저절로 각인되게 하는 것이다. 특히 긍정의 단어는 자연스레 상대로 하여금 자신에 대한 긍정의 이미지를 심어 놓는다. 'I Have a Dream' 연설에서 킹 목사는 이 어구를 무려 8번이나 반복했다.

루터 킹의 이 같은 화술을 연상케 하는 사람이 있다. 오바마 대통령이다. 그 역시 선거를 위한 연설에서 특정 어구를 반복적으로 사용하면서 자신의 트레이드마크로 활용했다. 오바마는 후보 경선 연설에서 'Dream' 이라는 특정 어구를 33번이나 반복한 적도 있다고 한다.

언어의 반복 기법은 설득의 심리테크닉과도 무관하지 않다. 평소 익숙치 않았던 언어라서 처음에는 다소 낯설게 느껴질 수도 있지만 같은 언어를 지속적으로 반복해서 듣다 보면 어느새 자신의 입에서도 자연스럽게 같은 언어가 나오기도 한다. 단 강조하고 싶은 언어가 상대가 공유해서 좋은 말이어야 한다. 긍정적이고 희망적이고 발전적이고 힘이 되는 언어여야 한다.

보통사람들은 주변에 부정적인 사고를 지닌 사람을 기피하는 경향이 있다. 부정적인 사고를 지닌 사람들의 경우 말할 때마다 "그건 아니다.", "나는 반대다.", "그건 불가능한 일이다." 등등 어떤 얘기가 나와도 부정하는 쪽으로 몰고 간다. 그리고 부정적인 언어 표현을 반복한다. 이를 테면 "그건 죽어도 안 되는 일이다."라는 식의 표현을 자주 사용한다. 이는 오히려 희망을 갖고 긍정적인 사고를 사람들에게 찬물을 끼얹고 용기를 죽이는 일이 된다.

우리는 가끔씩 주변에서 이런 얘기를 하게 된다.

"그래, 그 사람 매번 만날 때마다 '죽고 싶다'는 말을 노래 부르듯이 하더니 결국 자살했군."

"허구한 날 '이런 세상 살아 뭐해 차라리 죽는 게 낫다'고 말하더니 기어코 스스로 목숨을 끊었군."

말이 씨가 된다고 했다. 부정적이고 어두운 언어는 가능한 한 사용하지 않는 것이 좋다. 대신 희망, 꿈, 사랑, 행복을 전할 수 있는 언어를 반복 사용하면 말하는 사람도, 듣는 사람도 그 언어를 현실로 만들어갈 수 있다. 왜 성공한 사람들이 '희망만을 외쳐라'고 하겠는가?

어눌한 말투도
진실이 담겨 있으면 통한다

그녀의 말투는 유난히 느리고 어눌하다. 그래서 때로는 가슴 속에 들어 있는 감정을 좀 빠르게, 강하게, 속시원하게 내뱉었으면 하는 마음이 간절해질 때도 있다. 그녀는 다양한 드라마와 영화에 출연했고, 적지 않은 작품들이 인기를 끌었지만 그녀의 어눌하고 느린 말투는 늘 변함없는 그녀의 트레이드마크다. 거기다 나이와는 전혀 어울리지 않는 소녀스러운 표정이 신비하다 못해 백치미까지 느껴질 정도다. 그런데도 그녀가 브라운관에서 나타나지 않았으면 하는 사람들은 거의 없다. 오히려 너무도 평범해 보이는 그녀의 연기는 그 누구도 흉내낼 수 없을 만큼 훨씬 자연스럽고 정감이 묻어난다. 한 마디로 인간적이고 가공되지 않은 있는 그대로다.

가장 한국적인 어머니상을 보여준 탤런트로 이미 최고의 여배우로 통하는 김혜자다. 남녀노소를 불문하고 그녀의 엄마 연기는 사람들의 가슴을 울린다. 할 말 다 시원하게 못하고 촌스러운 그녀의 말투를 사람들은 무엇 때문에 싫어하지 않는 것일까? 왜 그토록 그녀에게서 인간적인 정을 공감하는 것일까?

비즈니스 석상에서 처음 만난 상대의 말투가 어눌하고 물에 술탄 듯 술에 물탄 듯 맹숭맹숭하면 십중팔구는 '순수하다' 고 하기보다는 '좀 부족한 사람 같다' 라는 말이 먼저 나오기 마련이다. 반대로 내용은 정확하고 목소리는 깔끔하며 때로는 말투에 강한 힘도 느껴진다면 신뢰감이 한결 더 묻어난다. 이런 상대를 만나면 누구든지 비즈니스 파트너로서 후한 점수를 주기 마련이다. 하지만 인간관계에서는 다르다.

브라운관에서 시청자들과 만나는 탤런트 김혜자는 세련되고 섹시한 이미지는 없다. 언제든지 달려가면 따뜻한 가슴으로 안아줄 것만 같은 엄마이자 늘 편안한 미소로 반겨주는 마음씨 좋고 수더분한 이웃집 아줌마다. 시청자들은 비즈니스 우먼 김혜자가 아닌 인간미와 진실이 물씬 풍기는 김혜자를 원하고 김혜자는 그녀 특유의 그런 이미지와 말투를 소유하고 있는 것이다.

우리가 사회생활을 하면서 친구나 인생의 선후배를 만날 때 유난히 인간미가 느껴지고 가까이 하고 싶은 사람은 화술이 뛰어난 달변가가 아니다. 오히려 너무 말을 잘하고 빈틈없이 완벽해 보이는 사람 앞에서는 주눅이 들어 자연스러운 대화를 나누기도 어렵고 나와는 다른 사람이라는 식의 보이지 않는 거부감을 갖게 되기도 한다. 물론 그렇다고해서 반드시 어눌한 말투에 어딘가 좀 부족한 구석이 있는 사람이어야만이 편안하고 부담이 없어 친해지고 싶다는 것은 결코 아니다. 인간관계를 발전시켜주는 핵심 요인 중 한 가지로 꼽을 수 있는 진실이다.

목소리는 매끄럽지 않고 말투도 느리지만 상대와의 대화에서 있는 그대로의 인간적인 진실을 발견할 수 있다면 그 자체만으로도 다시 만나도 편한 사람, 적어도 나를 이용해 부당한 이득을 취할 사람은 아니라고 믿게 된다. 이를 테면 상대에 대한 경계심이 없어진다. 그러니 만나면 만날수록 가까워질 수밖에 없는 것이다.

비즈니스가 아닌 순순한 인간관계로 이어지는 만남이라면 세일즈맨의 화려한 말투, 수학강사의 무미 건조한 말투, ○○○의 근엄한 말투는 그다지 환영받지 못한다. 화술의 테크닉이 없어도 목소리가 좋지 않아도 좋다. 꾸미거나 의도하지 않고 순수한 진실이 묻어나오는 평범하지만 편안한 말투면 문제가 되지 않는다. 물론 '이왕이며 다홍치마' 라는 말처럼 같은 말을 하더라도 보다 부드럽고 조리있고 정감있고 발음이 정확하다면 좋을 것이다. 다만 그것은 가슴속의 진실이 밑바탕이 된 후에 다져나가도 문제가 되지 않는다.

'당신이 틀렸다' 는 말은 절대 하지 마라

"너 바보지. 조금 전에 외웠던 것을 기억하지 못한다면 바보잖아."

"너 깡패야? 왜 애들을 때려."

누군가 여자는 엄마가 되면 악녀가 된다고 말했다. 엄마들은 자녀들이 자기 뜻대로 따라주거나 기대에 부응하지 못하면 화 먼저 내며 마치 몇 년 동안 묵혀둔 스트레스를 풀기라도 하듯이 아이에게 사정없이 퍼부어댄다. 자녀교육 전문가들은 이 같은 엄마들의 속성에 대해 강하게 나무란다. 아이에게 대놓고 네 생각이 잘못되었고, 너는 머리가 나쁘고 너는 바보처럼 군다고 직접적으로 말한다면 그것은 아이에게 반발심만 생기게 하거나 아이를 주눅 들게 하는 일이기 때문에 반드시 피해야 하는 말투라는 것이다. 아이들이 잘못을 했을 때 그것을 지적하고 스스로 고치도록 해주려면 직접적인 비난이나 질타보다는 우회적인 대화법을 통해 아이를 설득시키고 이해시키라고 당부한다.

아이가 아닌 어른은 어떨까? 결코 다르지 않다. 누군가로부터 '지금 네가 잘못했잖아' 라는 질타를 받는다면 스스로 잘못을 인정하거나 반성할 시간을 갖기도 전에 먼저 감정이 꿈틀거리고 일어나면서 반격이 시작된다. '뭐가 잘못됐는데', '왜 내가 잘못했다는 거야' 라며 대응하게 되고 결국에는 언쟁으로 이어질 가능성만 커진다.

카네기는 대화 시 상대방에게 '당신이 틀렸다' 는 말은 절대 하지 말라고 강조한다. 상대를 대놓고 직접적으로 "네가 잘못한 거야.", "너는 그것도 모르잖아.", "네 생각은 정말 잘못된 거야."라고 말한다면 십중팔구는 거부반응을 일으키기 때문이다. 사람은 자신이 아무리 용서받지 못할 잘못을 저질렀다 할지라도 다른 사람으로부터 비난을 받게 되면 자신을 정당화하려 하고 상대의 비난과 질타에 분개하며 적개심을 갖게 된다고 한다. 때문에 카네기는 인간관계에서 남을 비난한다고 해서 달라지는 것은 아무것도 없으며 남을 비난하는 것보다는 남을 이해하는 게 훨씬 낫다는 쪽이다. 또한 카네기는 비난은 언쟁으로 이어질 수밖에 없는데 언쟁이야말로 무익한 것이라고 한다. 따라서 '언쟁에서 이기는 유일한 방법은 언쟁을 피하는 것이다' 고 강조한다.

사람들과의 관계 속에서 매사에 언쟁을 비켜간다는 것은 쉬운 일이 아니다. 아무리 완벽한 사람일지라도 1년 365일 상대에게 단점 한 번 보이지 않고 실수나 잘못 한 번 하지 않고 산다는 것은 어렵다. 게다가 자신이 아무리 사랑하는 사람이라 할지라도 상대의 말과 행동에 거부반응이나 불쾌함은 생길 수밖에 없으며 잘못한 일마저도 잘한 일이라고 추켜세울 수는 없는 일이다.

그렇다면 방법은 울화가 치밀어올라도 입 다물고 지켜만 보는 것밖엔 없다. 아니면 바다 같은 마음으로 이해하며 아량을 베푸는 것이다. 여기에는 반드시 인내가 필요할 것이다. 하지만 가까운 상대이기에 상대가 스스로 잘못을 뉘우치고 반성할 수 있도록 돕고 싶다면 직접 화법을 피하고 간접 화법을 구사해야 한다. 상대로부터 즉각적인 반발심이 일어나지 않도록 우회적으로 말하는 것이다. 예를 들어 언어 표현이 부정적이거나 성급해 보일 때는, "지금 같은 상황에서는 '안 된다' 라고 단정짓기보다는 다시 한 번 방법을 찾아보는 것도 좋을 것 같은데."라고 하면 좋다. 또 아랫사람에게 일을 시켰는데 기대에 차지 않을 때는, "넌 이런 것도 못하니."보다는 "지금으로서는 부족한 것 같은데 조금만 더 보충해 보겠어?"라고 하는 것이다.

말 한 마디가 불씨가 되어서 더없이 좋았던 사람들의 관계가 어느 한 순간에 뒤틀리는 경우가 많다. 특히 시간이 흐른 뒤 생각해 보면 그렇게 큰 문제로 확대될 만큼 중요한 것이 아니었는데도 불구하고 의외의 결과를 초래한 것이다. 이는 가까운 사람일수록 말 한 마디에 예민하게 반응하는 것은 그만큼 상처가 크기 때문이다.

맞장구는 활력을 주는 묘약이다

"그래요. 김형 말이 맞아요. 저도 가끔씩 그런 기분을 느끼거든요."

"너도 그런 적 있었냐? 나도 지난번에 인터넷에서 그 뉴스 봤는데 황당하더라. 그거 너무 심한 거 맞지. 있을 수 없는 일이야."

"부장님, 저도 그거 정말 좋아합니다. 좋은 아이디어인데요. 다른 직원들도 적극 찬성할 겁니다. 곧 시행 하시지요."

시쳇말로 기분에 살고 기분에 죽는다고 했다. 대화 할 때 상대를 즐겁게 해주는 아주 특별한 테크닉 중 하나는 맞장구(agreement)다. 사람은 남녀노소를 불문하고 자신의 생각에 남이 동조하면 돈 받는 것만큼이나 기분이 좋아지기 때문이다. 다른 사람이 내 의견에 동조하고 말을 거들 때 저절로 입가에 미소가 번지고 기뻐하게 된다. 이는 뇌 부위가 활성화되기 때문이며, 돈을 받았을 때나 맛있는 것을 먹었을 때와 같은 보상효과를 가져온다. 때문에 다른 사람이 맞장구를 쳐줄 때 느끼는 만족감은 대단한 것으로, 맞장구는 사회생활에서 아주 중요한 요소로 통한다.

영국의 UCL(University of London) 뇌화상진찰연구소(Wellcome Trust Centre for Neuroimaging) 연구진은 자신의 의견에 동조해 줄 때 뇌의 '보상(reward)' 구역이 활성화된다는 것을 발견했다. 영국에 있는 28명의 참가자를 대상으로 20곡의 노래를 주고 각자 좋아하는 노래 10곡을 골라내 순위를 정하게 한 후 음악 전문가가 정한 순위를 보여주면서 연구 참여자들의 뇌활동을 기능성 자기공명촬영(MRI)으로 살폈다. 그 결과, 참여자들은 자기가 뽑은 좋은 음악과 전문가가 뽑은 음악이 같을 때 참여자의 뇌 복측선조체 부위가 활성화되면서 기쁨을 느꼈다고 한다. 이 부위는 특히 사회적 보상과 관계되는 부분으로, 음식 또는 돈 등의 보상을 받으면 활성화되는 것으로 알려져 있다.

우리는 다른 사람의 의견에 상당한 영향을 받으면서 살아간다. 특히 동질성을 중요시 여기며 이에 대한 정신적인 동조는 활력을 갖게 한다. 신념이나 사상을 같이하는 친구, 취미가 같은 사람, 좋아하는 음식이 같은 지인 등에 대해서는 매우 긍정적이고 서로에게 의지하고자하는 감정이 많아진다. 맞장구는 그 대표적인 행위이며, 이는 서로에게 활력을 주는 묘약이 된다.

친구는 맞장구의 가장 좋은 상대다. 친구라고 여기면 생각은 달라도 상대를 이해하려고 한다. 부모나 애인은 자신의 생각과 행동에 대해 동조하지 않아도 친구는 다르다. 친구는 가능한 한 인정해주고 또 의견을 같이하면서 거들어 주기까지 한다. 인정과 칭찬을 동시에 주는 사람인 셈이다. 이는 삶의 활력소이고 우정이 오랫동안 계속되는 것도 이 때문이다.

누군가와 친해지고 싶다면 상대가 말할 때 맞장구를 쳐라. 나도 상대와 생각이 같으며, 상대의 말에 얼마든지 이해가 되며, 공감한다고 맞장구를 쳐라. 맞장구에 화를 내거나 싫어할 사람은 단 한 사람도 없다. 자신을 인정해 주고 동조한다고 여기기 때문에 당연히 호감을 가질 수밖에 없다. 그러니 대인관계에서는 다른 어떤 방법보다도 한결 가까워지는 지름길이 된다. 상대의 대화에 맞장구를 치는 일이 많으면 많아질수록 두 사람의 관계는 동지애로 두터워질 수밖에 없다. 서로의 사고와 철학을 같이하기 때문에 믿음과 사랑은 더욱 강해지기 마련이다. 폭탄이 터지는 전쟁터에서 동지를 위해 희생을 마다하지 않는 것도, 자기를 알아주는 사람을 위해 목숨을 바치는 것도 출발점은 바로 맞장구에서부터 시작되는 것이다.

가슴은 따뜻하되 머리는 차갑게 말하라

"다른 사람들도 그렇게 생각할까요?"

"그래서 이젠 어떻게 하실 건가요?"

"결과에 대한 책임을 질 자신이 있나요?"

A는 친한 선배와 나누는 대화이지만 마치 생전 처음 만난 사람과 토론을 하듯 따져 묻는다. 감정의 기복도 전혀 느낄 수 없고 한마디로 차갑기만 하다. 지나치게 꼿꼿한 스타일이다. 이런 A의 화법에 대해 선배 당사자는 물론이고 제3자들도 "저건 아니다. 인간적인 정이 느껴지질 않는다."라거나 "너무 공격적이잖아."라고 말할 수도 있을 것이다. 하지만 꼭 그렇지만은 않다. 때로는 상대에게 차가운 쇳덩이 같은 느낌을 줄지라도 감정이나 인정에 치우치지

않고 객관적인 입장에서 대화를 나눌 필요가 있다.

마냥 아부에 능한 사람은 상황에 상관없이 늘 상대에게 달콤한 말만 하고 상대의 입장이나 생각을 치켜 세워준다. 결코 옳은 방법은 아니다. 상대가 범죄나 실패를 향한 오판을 하더라도 이에 동조해준다면 공범이자 동조자로서 불난 집에 부채질하는 격인 것이다.

동료든 상사든 가족이든 친구든 간에 감성에 흔들리지 않고 상황에 대해 정확한 판단과 결정을 내려야 하는 때라면 무작정 상대의 생각에 동정하거나 동조하는 것은 옳지 않다. 또 서너 명의 사람이 대화를 나누다보면 서로의 생각과 입장이 다르기 때문에 때로는 다른 사람들 사이에 양극화 현상이 나타나기도 하는데, 이럴 때도 마찬가지로 감정은 최대한 배제한 채 차가운 머리로 말을 하는 것이 현명하다. 자칫하면 어느 한쪽에 기울어지거나 편애한다는 오해를 받을 소지가 많기 때문이다.

프리랜서 방송인이자 대학교수인 손석희씨의 방송 시 질문 스타일이나 대화법에 대해 일부에서는 지나치게 공격적이라는 말을 하기도 하고, 또 다른 한편에서는 편견이나 동조없이 매우 올곧은, 그야말로 가슴은 따뜻하면서도 차가운 머리로 대화하는 사람으로 통한다. 그가 하는 방송프로그램들이 시사 프로그램이기에 다소 공격적인 질문을 통해 상대의 진심을 끌어내려는 의도로서도 이해할 수 있겠다. 하지만 손석희씨는 어느 인터뷰를 통해 방송 진행자로서 입장과 관련하여 공익성과 상업성 사이에 놓인 담장 위를 아슬

아슬하게 걷는 느낌이 들 때가 많고, 자칫하면 대중 추수적이고 선정적인 측면으로 떨어질 수 있기에 늘 반성하면서 균형을 잡으려고 고민한다고 했다.

우리는 다양하고 많은 사람들을 만나면서 시사토크 전문가 손석희씨처럼 반드시 백지처럼 투명하게 또 그 위에 그어진 직선처럼 단순하고 명쾌하게 말을 해야 될 때가 있다. 상대를 위해 적당히 불투명한 색채로 말하거나 두루뭉실한 곡선을 그려가듯 말한다 할지라도 문제될 것은 없겠지만 그것이 때로는 상대를 위해 아무런 도움도 되지 않는다면 대인관계에서 결코 현명하고 정확한 사람이라는 긍정적인 이미지로 남지는 못할 것이다.

사람들이 대화 시 차가운 머리로 대화하는 것을 기피하는 이유는 "내가 이렇게 바른 소리를 한다면 저 사람이 나를 어떻게 생각할까?" 하는 것에 대한 두려움 때문이다. 인간관계에서 발생할 수 있는 불편한 요소를 사전에 방지한다는 입장인 것이다. 하지만 그 당시에는 "저 친구는 친구도 아닌가. 왜 그렇게 독하게 말해."라고 생각했다 할지라도 훗날 "그래, 그땐 네가 한 말이 맞았어. 내가 좀 더 진지하게 다시 한 번 생각해 본 후에 결정을 내려야 했어."라는 말을 듣게 된다면 좋지 않겠는가.

험담은 적을 만든다

이슬람 경전 코란 49장 11 · 12절엔 이렇게 적혀 있다.

“사람들이여, 사람이 다른 사람을 비웃지 않도록 하라.”

“다른 사람을 중상하지 마라.”

“저속한 이름을 사용하여 모욕하지 마라.”

“다른 사람을 나쁘게 말하거나 뒤에서 험담하지 마라.”

동서양을 막론하고 직장을 비롯한 사회생활에서 좋은 인간관계를 맺는 일처럼 중요한 일은 없을 것이다. 국내 한 기업체의 사보는 직장인에게 있어서 인간관계의 중요성을 강조하고자 최근 동료와 잘 지내는 9가지 비결을 실었다. 그중 하나가 ‘남의 험담을 하지 마라. 설령 상대가 남을 욕하더라도 맞장구치지는 마라.’ 이다.

사람이 두세 명만 모이면 가장 자연스럽게 나오는 말이 현장에 없는 제3자의 얘기다.

'○○가 요즘 아프다던데', '○○네 아들이 사고를 쳐서 속 썩고 있다던데', '○○ 신랑이 바람이 났데', '○○는 얼굴도 안 되면서 명품만 걸치려고 하더라'

실제로 한 취업 · 인사포털 회사가 설문조사를 한 결과 우리나라 직장인 10명 중 8명은 직장에서 말실수를 한 경험이 있고, 유형으로는 '뒷담화형'이 가장 많은 것으로 나타났다. 직장인 518명을 대상으로 실시한 이 조사에서는 "직장 생활하면서 크게 말실수를 한 경험이 있는지"에 대해 84.2%의 응답자가 '말실수 경험이 있다'고 답했다. 그중에서도 상사나 직장동료 등에 대해 험담이나 욕을 했다 구설수에 올랐다는 '뒷담화형'(34.7%)이다.

어느 회사를 막론하고 신입사원이 기업에 입사하면 선배들이 사내에서 반드시 조심해야 할 것 중 하나로 꼽는 충고는 다름 아닌 "화장실에 가서 상사 욕하지 마라."는 것이란다. 화장실에서 동기나 친한 동료직원을 만나 홧김에 상사 욕을 했다가 거꾸로 큰 코를 다치는 일이 종종 있기 때문이다. 화가 난 당사자는 분을 참지 못해 스트레스 해소식으로 한 말이지만 욕 먹는 대상자나 제3자가 화장실 어느 칸에든 있었다면 100% 그것은 자신에게 불이익이 되어 돌아오기 마련이다.

어느 자리에서든 대화의 상대자가 아닌 다른 사람의 얘기는 칭찬을 하거나 좋은 얘기가 아니라면 피하는 게 상책이다. 설령 상대가 제3자의 얘기를 하더라도 들어서 좋은 얘기라면 들어줄 필요가 있지만 흉보거나 비방하는 얘기라면 못들은 척하고 화제를 다른 것으로 돌리는 게 현명하다.

인간관계에서 자신에 대해 떠도는 얘기를 누군가로부터 들었을 때 칭찬이 아닌 이상 좋아할 사람은 단 한 사람도 없다. 자신의 프라이버시를 침해하는 극단적인 말이 아닐지라도 유쾌하지 않은 소문이라면 화가 나고 소문의 진원지를 파악하게 된다. 십중팔구는 험담이나 소문을 퍼트린 사람을 찾아내 어떤 근거에 의해서 왜 그런 말이 떠돌게 했는지 따져 묻기 마련이다. 그 결과는 폭언으로 싸움으로 이어지는 경우가 허다하다. 설령 자신이 싫어하는 상대일지라도 인간관계의 결말은 서로에게 상처만 남기게 된다.

'발 없는 말이 천리 간다' 고 했다. 험담은 비수가 되어 다시 돌아온다.

긍정의 언어로 희망을 전염시켜라

발명왕 에디슨이 전구를 발명할 당시 수없이 실패의 연속이었다고 한다. 때문에 그의 주변 사람들이 그의 능력을 의심하게 되는 상황으로 치닫기까지 했다. 그러자 에디슨은 말했다.

"나는 실패한 것이 아니다. 성공할 수 없는 수많은 이유를 알게 된 것 뿐이다."

이 같은 그의 재치만점의 화술은 주변사람들로 하여금 에디슨은 수없이 여러 번 발명에서 실패를 했지만 그는 결코 포기하지 않을 것이며, 반드시 전구를 발명할 것이라는 기대를 갖게 했다고 한다. 결국 에디슨은 1879년 '인류의 잠을 깨운 빛'으로 칭송받는 백열전구를 발명하기에 이른다.

1975년 당시 우리나라 중동 건설공사에 참여하여 건설 붐을 일으킬 때 박정희 대통령과 정주영 현대건설 회장 사이에 있었던 유명한 일화가 있다. 박대통령이 관계자를 현지에 보냈더니 2주 만에 와서 하는 말이 "낮에는 더워서 일을 못하고 물이 없어 공사가 불가능하답니다."라고 말했단다. 이에 박대통령은 정회장을 청와대로 불러 이 같은 사연을 말하면서 정주영 회장이 현지에 가보면 뭔가 답이 나올 것이라고 믿고 "지금 중동에 다녀오세요."라고 했단다. 그러자 정회장은 곧장 현지로 떠났고 5일 만에 귀국한 후 박대통령에게 말했단다.

"1년 열두 달 비가 없으니 1년 내내 공사를 할 수 있습니다. 건설에 필요한 모래와 자갈이 널려 있으니 자재 조달이 쉽고 단지 물만 어디서 실어오면 됩니다. 낮에는 에어컨 틀고 자고 밤에 일하면 됩니다."라고.

이 일이 있은 후 30만 명의 근로자가 파견됐고 그 후로 우리나라는 엄청난 달러를 벌어들였고 이는 국가 경제발전에 큰 밑천이 됐다. 이 일화에서 우리는 '긍정의 힘'은 어떤 사람이 어떻게 생각하느냐에 따라서 무궁무진하게 만들어지기도 하고 아예 찾지 못할 수도 있다는 것을 알 수 있다.

성공한 사람들의 대다수는 인터뷰나 자신의 저서에서 "아무리 힘들고 어려운 난관에 부딪혀도 할 수 있다는 자신감과 인내를 갖고 꿈을 잃지 않았다."고 말하면서 꼭 하는 말이 있다. "희망만을 말하라."는 것이다.

사람들은 누구나 긍정적이고 적극적인 사고를 지닌 사람들을 선호한다. 또 같이 있을 때 긍정적인 화두를 꺼내는 이들에게 좋은 감정을 갖게 된다. 때문에 기업들이 선호하는 인재상에는 '긍정적인 사고와 적극성을 지닌 사람' 이라는 말이 공통분모이다시피 한다. 그런데도 불구하고 긍정으로부터 스스로 멀어져 가는 사람들이 있다.

어느 기업에서 마케팅 담당자가 잇따른 신제품 마케팅에서 실패하자 상사에게 사표를 내밀면서 이렇게 토로했다.

"정말이지 최선을 다했는데 이번에도 우리 제품에 대한 소비자들의 반응이 없습니다. 문제가 무엇인지 알 수가 없습니다. 그저 막막할 따름입니다. 여기까지가 제 능력의 한계인 것 같습니다."

그러자 상사는 말했다.

"그건 자네 책임만은 아니야. 경쟁사의 시장점유율이 워낙 높은데다 우리 제품 브랜드파워도 약하잖아. 너무 자책하지 말고 어떻게든 소비자들의 관심을 끌 수 있는 방안을 다시 생각해 보자고."
라고.

회사를 위해 최선을 다했는데도 불구하고 뜻대로 되지 않자 스스로 옷을 벗겠다는 직원이 안쓰럽고 측은해 보여서 위로를 하는 상사에게서 적당히 인간적인 모습이 나타나는 듯하다. 하지만 현명한 상사라면 달라야 한다.

"그따위로 말하려면 당장 그만 둬."라고 해야 한다.

긍정적인 사고에서 나오는 긍정의 언어는 희망을 유포시키는 바이러스다. 기업이나 조직에서는 절망 속에서도 희망을 품게 하는 말을 하는 사람이 반드시 필요하다. 상황이 절망적이라고 해서 동료들이나 부하 상사 앞에서 포기나 자책의 말만 늘어놓는다면 그것은 함께 자리해 있는 조직원들마저도 절망적으로 만드는 일이 된다. 그야말로 절망의 바이러스를 유포시키는 암적인 존재가 되는 셈이다.

인사전문가들에 의하면 대인관계에서 많은 사람들을 분석 평가할 때 나를 배려해 준 작은 호의에 감사할 줄 아는 사람, 긍정적으로 생각하는 사람은 상위 2%에 들어가며 남의 배려를 가볍게 보고 감사할 줄 모르고 부정적으로 생각하는 사람은 하위 2%에 들어간다고 한다. 주변사람들에게 상위 2%에 들어가는 기회, 그것은 늘 긍정의 언어로 말하는 습관만 가져도 되지 않을까 싶다.

화술에 적용  하면 좋은 명언

친구는 제2의 자신이다 (아리스토텔레스)

친구를 보면 그 사람을 알 수 있다고 말한다. 그만큼 친한 친구는 생각이나 가치관, 인성 등에서 많은 공통점을 갖고 있어 마치 거울 같은 존재다. 이는 다시 말해 좋은 친구를 만들라는 말인 동시에 언행에 있어서 내가 잘못하면 곧 친구를 욕먹이는 꼴이 되고 만다는 의미도 있다.

열정 없이 사느니 차라리 죽는 게 낫다 (커트 코베인)

인생은 영원하지 않다. 그러기에 우리는 건강하게 활발히 움직이면서 매사에 최선을 다하는 노력이 중요하다. 이렇게 사는 이들을 우리는 열정적인 사람으로 인정하고 좋아한다. 열정은 인생의 에너지다. 열정이 없으면 삶 자체가 물에 술탄 듯 술에 물탄 듯 그렇게 특징 없이 흘러가기 마련이다. 그러니 주어진 삶에 열정을 불사르지 못하는 곳은 시간보내기 삶을 사는 것과 같다는 말이다.

어디를 가든지 마음을 다해 가라 (공자)

길은 여러 갈래이고, 선택은 각자의 몫이다. 어떤 길, 일, 사람을 선택하든지 자신이 선택한 것에 대해 최선을 다해 노력을 기울이는 것이 멋진 인생을 사는 일이다.

친구는 모든 것을 나눈다 (플라톤)

이 세상에서 친구만큼 편안하고 소중한 존재는 없다. 친구에게는 못 할 얘기가 없고 한없이 퍼주어도 아까운 것이 없다. 친구와 늘 가까이 지내며 서로의 마음을 공유하는 것은 의미있는 일이다.

사랑이란 쉽게 변하기에 더욱 사랑해야 한다 (서머싯 몸)

사랑한다고 해서 그 사랑이 저절로 지켜지는 것은 아니다. 사랑이 오랫동안 유지되도록 하려면 나름대로 그 사랑을 지키려는 노력과 열정이 필요한데 이것이 또 더 큰 사랑의 힘을 만들어낸다. 다시 말해 사랑에는 휴식이 존재하지 말아야 한다.

뭉치면 서고, 갈라지면 넘어진다 (이솝)

국가, 기업, 가정, 사회단체 등 모든 집단에는 조직원들의 단합, 협동이 가장 중요하다. 서로 하나로 뭉쳐서 힘을 합할 때 좋은 결과가 나온다. '뭉치면 살고 흩어지면 죽는다' 는 말과 같은 것이다.

자신감은 위대한 과업의 첫째 요건이다 (사무엘 존슨)

무슨 일을 하던지 간에 자신감은 성공을 위해 첫 번째로 갖추어야 할 요인이다. 자신감이 없으면 아무리 쉬운 목표라고 할지라도 이루지 못한다. 하지만 자신감만 있으면 자신의 능력을 뛰어넘는 결과를 만들어낸다

내가 있는 곳이 낙원이다 (볼테르)

사람들은 흔히 내 집이 제일 편하다는 말을 한다. 내가 갖고 있는 것, 내가 사는 집이 현재 나에게는 가장 소중하고 편안하고 행복한 곳이다. 남의 화려하고 큰 것을 부러워할 필요가 없다는 것이다. 나와 나의 현실을 사랑하는 것이 자신감과 용기를 불러오기도 한다.

집중력은 자신감과 갈망이 결합하여 생긴다 (아놀드 파머)

집중력은 곧 성공의 필수요소인데 이 집중력을 가지려면 매사에 자신감을 갖고 반드시 이루겠다는 강한 의지를 가질 때 생겨난다. '정신일도하사불성(精神一到何事不成)'이라는 말도 있듯이 집중력이 강하면 성공은 곧 자신의 것으로 만들 수 있다.

인생은 밀림 속의 동물원이다 (피터 드 브리스)

치열한 경쟁을 통해 살아남아야 하는 냉혹한 현실을 빗대어 하는 말이다. 약자는 강자의 먹잇감에 불과하므로 살아남기 위해서는 능력을 강하게 키우고 경쟁에서 승자가 되어야 한다.

내 자신에 대한 자신감을 잃으면, 온 세상이 나의 적이 된다 (랄프 왈도 에머슨)

자신감을 잃으면 그 무엇도 할 수가 없다. 세상의 모든 것이 두렵기만 할 것이며, 어떤 일이든 나는 이겨낼 수 있다는 생각을 갖지 못하게 된다. 결국은 인생 실패만이 기다릴 것이다.

누군가를 만나 가슴이 울렁거리고 환희에 젖어 그가 없으면 죽을 것 같은 사랑은 길어봐야 2년 반을 넘지 못한다 (신디 하잔 박사)

진정한 사랑, 영원한 사랑이란 순간의 유혹이나 감정에 의해서만 생겨나는 마음이 아니다. 정말 소중한 사랑은 소리도 없고 냄새도 없이 오랫동안 이어지는 상대를 향한 순수하고 거짓 없는 열정이 담긴 마음 바로 그것이다.

제2장_ 아이도 이해할 수 있는 화술이 마음을 움직인다

대화를 잘하는 달인은 결코 어려운 용어나 전문용어를 즐겨 쓰지 않는다.
아이들이 이해할 수 있도록 쉽게 대화하는 사람은
전문적인 대화나 깊이 있는 대화를 할 때에도
상대방에게 감동시킬 수 있는 편안한 대화를 할 수 있다.

상대방의 컬처코드를 읽어라

과거 일본에서는 전통차를 마시는 게 일반화되어 있었다. 이런 일본시장에 세계적으로 유명한 한 커피회사가 커피를 판매하고자 시장 개척에 나섰으나 마케팅은 실패로 끝났다. 하지만 지금 일본은 커피 소비량에서 세계 3위를 차지하고 있으며, 1만여 개 이상의 커피숍이 운영되고 있다.

그렇다면 일본의 커피 소비는 어떻게 가능해진 걸까? 분석 결과 전통과 생활습관에 의해 전통차에 길들여진 일본인들에게 커피를 팔기 위해서는 그들이 무의식적으로 커피맛과 향에 길들여지게 하는 방법이 관건이었다고 한다. 이에 커피회사는 커피를 넣어 만든 사탕과 과자를 일본 시장에 확산시키면서 커피를 무의식적으로 받아들이게 했다는 후문이다. 일본시장을 점령한 네덜란드의 커피회사는 컬처코드를 제대로 읽었기에 이 같은 마케팅이 성공을 거둔 것이다.

요즘 마케팅에서 『컬처코드』가 화두가 되고 있다. 컬처코드란 자신이 속한 문화를 통해 일정한 대상에 부여하는 무의식적인 의미다. 문화가 다르면 코드도 다르다. 코드는 쇼핑, 건강, 음식, 사랑, 직업, 정치 등 삶의 곳곳에서 우리가 사고하고 행동하는 데에 영향을 미친다.

유명한 정신분석학자이자 문화인류학자인 동시에 마케팅 구루로 잘 알려진 클로테르 라파이유가 쓴 책 『컬처코드』는 고객과 시장을 근본적으로 이해하고 비즈니스를 성공으로 이끌기 위해서는 먼저 소비 대상층의 삶 다방면에 깔린 문화를 이해해야 한다는 것을 강조하며 해외 각국의 각종 실례를 들어가면서 설명해 준다.

음식만이 아니다. 대화도 마찬가지다. 상대의 컬처코드를 읽지 못하면 대화는 흥미도 없고 진전도 없다. 장기간 미국 유학생활을 하고 온 거래처 사장과의 술자리에서 나름대로 정보를 제공한다는 생각에 정경유착으로 인해 벌어진 과거의 사건들을 아무리 얘기한들 상대가 즐거워할 리가 없다. 한마디로 눈치 없고 사전 정보가 너무 없음이다. 나아가서는 상대의 컬처코드를 읽지 못한 것이다. 차라리 상대가 유학생활을 했던 미국 동부 지역 아이비리그에 대한 얘기를 한다면 좋을 일이다.

또 자신은 도시 출신이고 상대는 농촌 출신일 경우 자신의 도시에서 성장하며 겪은 일들을 화두로 꺼내면 이는 서로에게 공통분모가 없어 혼자서만 떠들고 상대는 억지로 들어주어야 하는 따분한 일방통행식 대화가 된다. 차라리 "우리 외가댁이 충청도 시골인데 어렸을 때 방학만 되면 자주 내려갔어요. 특히 여름에는 밭으로 나가면 먹을 게 너무 많더라고요. 오이, 참외, 수박도 많이 따 먹었고요. 복숭아, 자두 같은 과일도 많았어요. 옥수수는 얼마나 맛있었는지 몰라요. 그게 다 농부들의 땀으로 만들어지는 것이겠지요. 농부들 보면 농작물에 대한 정성이 참 대단하던데요. ○○씨네는 주로 어떤 작물을 재배했나요?"라고 말을 걸으면 상대는 자신이 말할 수 있는 풍부한 소재들이 있기에 아주 즐겁게 말하게 된다. 그런 가운데 저절로 상대의 컬처코드도 읽어낼 수 있을 것이다.

상대의 컬처코드를 알게 되는 일은 상대가 무엇을 좋아하고 어떤 분야에 관심을 갖고 있으며, 그런 상대에게는 어떤 테마로 대화를 나눌 때 대화가 더 흥미진진한지 알게 되는 것이다.

21세기 들어 국내외 글로벌 기업들이 현지 정착을 위해 가장 중시여기는 것이 현지화다. 중국에 진출했다면 현지인들의 생활 문화 습관을 이해하고 적극 받아들여야 하며, 회사가 자리한 현지 주민들 중 불우한 이웃들을 위해 다양한 지원을 해주는 것은 필수다. 이 같은 현지화 활동에서 가장 중요한 것은 돈 퍼주기식의 지원이 아니다. 그들의 문화를 읽어내고 그 문화에 융화하는 것이다. 상대의 문화를 이해하고 그 문화에 동참하면서 상대의 코드를 읽어낸다면 상대를 즐겁게 내 사람으로 끌어들이는 최고의 효과를 얻게 된다.

'지피지기(知彼知己)면 백전백승(百戰百勝)'이라고 했다. 상대를 읽고 나를 알면 대화할 때 굳이 잔 기교를 부리지 않더라도 자연스럽게 무르익을 것이다.

되돌아서 후회할 말은 하지 말아라

2010년 6월, 49년 동안 미국 백악관 출입기자로 활동하며 '백악관의 살아 있는 전설'로 불렸던 89세의 헬렌 토머스 기자가 기자직을 떠났다. 신화처럼 통하던 그녀의 유명세는 한순간에 무너져 내렸다. 이유는 한 마디 실언 때문이었다.

"유대인들은 팔레스타인을 떠나야 한다(Jews should get the hell out of Palestine)."

레바논 이민자 2세인 그녀는 5월 27일 백악관에서 열린 유대인 행사에서 한 온라인매체 기자의 질문을 받고 이렇게 말했다. 또 그녀는 더 나아가 "팔레스타인 주민들은 자신들의 땅을 점령당했다. 유대인들은 폴란드나 독일, 미국 등 어디로든 가야 한다."고 말했다. 그녀의 발언 내용을 담은 비디오 동영상은 곧장 '드러지 리포트' 등 유명 웹사이트를 통해 급속히 퍼져나갔고, 그녀는 결국 7일 만인 6월 4일 개인 성명을 통해 "내 발언에 대해 깊이 후회하고 있다."며 공식 사과 입장을 밝힌 후 불명예스러운 은퇴를 한 것이다.

"차라리 그 말을 하지 말았어야 했어. 이혼한 사람 앞에서 자식 낳아 놓고 이혼하는 인간들 이해가 안 된다고 했으니 그 사람은 얼마나 불쾌했을까."

"내 입이 방정이지. 술자리에서 이미 정보가 누출된 셈이니 나중에 문제 생기면 다 내 책임인 거지."

수많은 사람들이 말실수를 한다. 국내에서도 정치인, 공직자, 연예인 등 수많은 사람들이 말실수로 인해 곤란한 입장에 처하는 일들이 지속적으로 벌어지고 있다. 심지어는 헬렌 토머스처럼 자신의 직업과 명예를 한순간에 잃는 사람들도 있었다.

우리 고사성어 중에 증이파이(甑已破矣)라는 말이 있다. '시루가 이미 깨졌다'는 뜻으로 다시 원래 그대로 만들 수 없다는 것을 의미한다. 이미 엎질러진 물은 주워담을 수 없는 것처럼 자신의 입에서 떠난 말은 수습 불가능 그 자체다. 이미 일은 벌어졌는데 지난 후 잘못된 일을 뉘우쳐야 무슨 소용이 있겠는가.

어느 신문 기사에 미국인들을 대상으로 인생에서 가장 두려운 것이 무엇이냐는 질문을 했더니 2위가 '죽음'이었던 반면, 1위가 '대중연설'이라고 했다고 한다. 그만큼 말하기, 특히 많은 대중들을 향해 책임 있는 말을 인상적으로 한다는 게 어렵다는 얘기다. 서양 사람들은 정치인이나 유명인들의 말실수를 가리켜 '혀가 미끄러졌다' (slip of the tongue) 라고 표현한다. 우리에게 잘 알려진 외국의 정치인 중 미국의 조지 부시 전 대통령은 실언을 잘하기로 유명한 인물로, 아예 '미끄러진 혀 모음' 이 인터넷에 떠다니는가 하면 뇌 구조가 만화 같다고 해 붙여진 '망가뇌' 라는 별명이 붙기도 했다.

말조심엔 동서고금이 따로 없다. 함부로 막말을 해서 무사한 사람이나 정권 또한 찾아볼 수 없다. 일단 생각 없이 또는 홧김에 내뱉은 뒤 '오해였다' 는 해명이나 '진심으로 잘못했다' 는 입장 표명은 자신의 이미지를 원점으로 돌려 놓을 수가 없다. 말하기 전에 먼저 신중히 생각하고 말하는 습관을 기르는 것만이 현명한 방법이 될 것이다.

말실수를 하지 않으려면

● 급하게 말하지 마라

무엇이든 급하게 서두르면 일을 그르친다. 말도 마찬가지다. 말은 천천히 논리정연하게 할 때 상대에게 제대로 전달된다. 급하게 말하다 보면 생각지도 않은 언어가 불쑥 튀어나오거나 발음이 꼬이고 자신의 생각과는 달리 의미가 왜곡되어 전달될 수 있다.

● 감정을 조절해라

자신이 화가 나거나 불리한 입장이라고 해서 감정을 숨기지 못하고 그대로 표현하면 그 말은 100% 독이 될 수밖에 없다. 스스로 감정을 최대한 자제시킨 후 말해라.

● 상대의 입장과 상황을 충분히 고려해라

내가 이 말을 했을 경우 상대는 어떠할까. 상대의 입장과 기분을 사전에 생각해 본 후 그 상황에 맞는 언어와 톤으로 말하는 것이 현명하다. 기분이 불쾌하여 화가 나 있는 상대에게 큰 소리로 나무라거나 단점을 지적한다면 상대를 더욱 화나게 만들게 된다. 설령 상대를 생각해서 한 말일지라도 톤이 크거나 언어 선택이 잘못되면 화만 불러온다.

이름을 불러라

국어교사, 스타 PD, 대학교수에 이어 OBS 경인TV 사장을 거쳐 최근에는 중앙일보 방송제작 본부로 자리를 옮긴 주철환 본부장은 OBS 경인TV 사장 시절 권위 대신 옆집 아저씨 같은 친화력이 좋은 CEO라는 소리를 들었다. 사람들을 만나는 것을 무척 좋아하는 그는 취미 활동이 '사람들과 대화하기' 일 정도로 사람들과의 커뮤니케이션을 즐긴다. 그만큼 말 잘하고 성격 좋고 아는 사람이 많다는 얘기다. 이런 주철환 본부장의 특징 중 하나는 사내에서 만나는 사람 한 명 한 명에게 일일이 인사를 건네는 친근감 있는 행동이다. 단 이때 그는 '김부장', '최대리' 라고 부르지 않는다. 반드시 이름을 붙여서 말을 건넨다. 이를 테면 "○○씨, 휴일 잘 보냈어?", "○○씨, 아들은 잘 크고 있어?", "○○씨, 어머님이 편찮으시다면서요. 지금은 어떠신가요?" 등 그는 직원들의 이름을 일일이 불러가며 안부를 묻는 식이다.

대학 강의실에서 교수들은 습관적으로 조는 학생이나 주의를 집중하지 않은 학생의 이름을 자연스럽게 부른다. "○○처럼 성격 좋은 사람들은 친구가 많거든. 대인관계란 그런 거지."라거나 "오늘 날씨 무척 덥지. ○○, 어때. 많이 덥지?"라며 지속적으로 관심을 보인다. 이럴 경우 아무리 졸립다 하더라도, 그 학생은 졸지 않게 되며 잠시 다른 짓을 하다가도 멈추고 수업에 집중하게 된다.

사람들은 자신의 이름에 언제나 민감하게 반응한다. 누군가 자신의 이름을 부르는 순간 상대에게 반응하고 적당히 긴장을 하게 되며, 이름을 부름과 동시에 자신에게 좋은 언어로 다가오면 마음의 문을 한결 쉽게 열게 된다. 상대가 자신에 대해 관심을 가지고 있다는 사실을 인식하면서 대화에 집중하게 되는 것이다.

효과적인 메시지 전달을 위해서는 화자가 청자에게 지속적인 관심을 가져주어야 하는데, 이때 '이름 부르기'는 가장 기본적이면서도 효과적인 관심 표현 방법이다. 따라서 강의할 때나 대화할 때 상대의 이름을 불러주는 것은 곧 자신이 전달하고자 하는 메시지를 한결 빠르고 편안하게 전달할 수 있는 방법이므로 중간중간에 상대의 이름을 불러주는 것은 아주 좋다.

이뿐만이 아니다. 종종 술자리에서 단지 윗사람이라는 이유만으로 "야, 너는……," "너같이……."라는 표현을 할 경우 받아들이는 사람의 감정이 폭발하면서 "아무리 내가 후배라도 그렇지요. 말끝마다 '너', '야' 같은 식으로 말하시면 안 되지요. 내 나이도 30대 후반입니다. 그러시는 게 아니죠."라며 반발하게 되고 상황이 더 나빠지면 결국 싸움으로 이어지기도 한다. 비록 사장이나 선배 같은 윗사람일지라도 대화 시 아랫사람에게 '너', '야'라는 호칭을 피하고 이름을 불러주면 이를 싫어할 사람은 단 한 사람도 없다. 상대가 자신에게 예의를 갖추고 대한다는 느낌과 동시에 한 인격체로서 존중받고 있다는 사실에 만족스러워한다.

저자에게도 15년이나 친분관계를 유지하는 선배가 있다. 나이가 무려 열 살이나 차이가 나는데도 불구하고 그 선배는 "필립 박씨 입장에서는 그럴 수도 있겠지."라거나 "필립씨는 역시 부지런해. 잘 살 거야."라는 식의 대화법을 유지한다. 이쯤 되면 받아들이는 사람의 경우 오히려 상대의 인격을 존중하게 되고 바람직한 선배의 모델로서 인정하게 된다. 어린 시절 함께 어울리던 선후배 사이가 아니고 사회에서 만났는데 학교 선후배인 경우라면 나이가 들면서 서로에 대한 예우를 잃지 않으면서도 좋은 관계를 유지하는 것이 매우 바람직한 태도다. 젊은 시절에는 학교 선후배로서 격 없이 가까워지기 위해 편안하다는 이유를 내세워 '야', '너'가 난무하지만 사회생활을 하는 입장이라면 상대의 입장에 서서 내가 지금 부르는 호칭이 바람직한 것인가에 대해 생각해 볼 일이다.

사람들의 생각은 매한가지다. 이름은 이 세상에서 저마다 가장 좋아하는 것이며, 누군가 그 이름을 불러주었을 때 자신감, 책임감,

만족감이 동시에 느껴진다. 주부들이 '누구 엄마'가 아닌 자신의 이름을 불러줄 때 자신도 엄마나 아내가 아닌 한 사람, 한 여성으로 느끼게 되어 만족과 행복을 느낀다는 것을 생각하면 그 이유는 굳이 말할 필요가 없는 셈이다.

명령 대신 협력 화법을 구사하라

"사람들이 CEO 또는 리더에 대해 오해하는 게 있다. 사람들에게 명령하고 무조건 리드를 해야 한다는 것이다. 절대 그렇지 않다. 내가 생각하는 위대한 경영자는 미식축구에서 팀을 이끄는 선수 같아야 한다는 것이다. 팀원들과 함께 뛰고 팀원들 생각까지 읽을 수 있어야 한다. 명령만 하는 사람이 아니라는 것이다."

글로벌 기업 경영자 100여 명이 참석하는 서울 G20 비즈니스 서밋에 참여했던 네슬레 최고경영자(CEO)가 행사 참석 전에 한 경제신문과 가진 전화 인터뷰에서 CEO 역할과 위대한 경영자가 갖춰야 할 조건이 무엇인가를 묻는 질문에 답한 내용의 일부다.

브라베크 회장은 1997년부터 11년간 네슬레를 이끌면서 연매출 130조 원에 달하는 세계 최고 식품기업으로 성장시킨 인물이다. 그는 경기 상황을 파악해서 의사결정을 하는 것은 리더 몫인 것처럼, 기업의 리더인 CEO는 팀원들에게 자기 생각을 잘 전달할 수 있는 능력도 있어야 하지만 자발적으로 따라올 수 있도록 해야 한다는 쪽이다.

인간관계 최고의 바이블로 불리는 '카네기 인간관계론'은 인간관계가 좌우하는 인생의 성공과 행복, 그리고 그 본질에 대한 핵심을 담고 있다. 이 책의 제4부 '리더가 되는 9가지 방법' 중에는 '아무도 명령받기를 좋아하지 않는다'는 것과 '즐거운 마음으로 협력하게 만들어라'는 내용이 실려 있다.

'내가 최고 리더이니 내가 시키는 대로 무조건 복종하고 나를 따르라'는 입장에서 기업이 직원들에게 명령하고 정부가 국민들을 이끌다가는 더 이상 환영받지 못한다. 기업이든 정부든 최고의 리더가 추구하고자 하는 방향이 있다면 사전에 그것에 대한 충분한 이해와 협조를 통해 조직원들이 자발적으로 일할 마음이 생겨서 따라오도록 해주어야 한다. 다시 말해 관심과 애정을 가지고 여건 조성을 해주는 것이 바로 리더들이 해야 하는 역할이다. 최근 들어 전문가들은 이를 '헤드십(Headship)'보다 '매니저십(Managership)'이라고 표현한다. 우두머리가 부하들에게 일방적으로 명령하거나 지시하고 이를 따르지 않을 경우 처벌하는 헤드십은 현대인들을 통솔하는데 오히려 부작용만 일어나기 때문이다.

요즘 조직에서 단합과 인간관계를 이끄는 커뮤니케이션은 더 이상 수직관계가 아니다. 윗사람이라고 해서 자신이 명령만 내리면 모든 아랫 사람들이 저절로 따라올 거라는 생각은 엄청난 착각이다. 현대인들에게는 어디서든 수평관계가 유지되지 않으면 곧장 문제가 발생한다. 기업에서 굳이 노조가 개입하지 않더라도, 모임에서 임원들이 의사절충을 위해 중간입장을 취하지 않더라도 사람들은 영리하고 똑똑해졌다. 그들은 일방적으로 끌려가는 독재방식의 수직 커뮤니케이션을 거부한다.

일례로 친구들 간의 소모임에서도 한 사람이 나서서 "내가 너희들보다는 잘 알고 있으니 내가 하자는 대로 해. 그 집보다는 A라는 식당이 훨씬 저렴하고 맛있거든. 일단 따라와 보라고."라고 한다. 불만이 있는 사람도 있지만 일단 그를 믿고 따라 가는 데 동의한다. 하지만 십중팔구 회식 후에는 여기저기서 "가격 대비 맛은 별로다.", "별 차이도 없는데 굳이 이 집에 올 이유가 있었나."라는 식의 불만이 새어 나온다. 차라리 "A라는 음식점이 있는데 거기에서 몇 번 음식을 먹었다. 고기도 맛있고 서비스도 좋은 편이었다. 마땅히 갈 곳이 없다면 한번 가보는 것도 좋을 듯 싶다. 물론 모든 사람의 입맛에 맞을지는 나 역시 장담을 할 수 없다."라는 식으로 명령이 아닌 사전 동의 내지는 협조를 구했다면 설령 A음식점의 맛과 서비스에 만족을 못한 사람일지라도 뒷말을 하는 일은 없을 것이다.

순탄히 물 흘러가듯이 상대와의 부딪힘 없는 인간관계를 원한다면 명령 대신 동참이나 협조를 구하는 협력화법을 구사해라. 설령 나이가 많고 직위가 높고 아는 것이 많다할지라도 상대방의 기분을 즐겁게 하고 자율적인 동참 분위기를 이끄는 것은 명령이 결코 아니라는 것을 늘 염두에 두어야 한다.

지나친 웃음은 관계를 망친다

'너무 웃지 않아도 문제가 되지만 너무 많이 웃어도 문제가 발생한다'

많이 웃으면 웃을수록 분위기가 밝고 좋아지는데다 웃는 순간 우리 인체 내의 수많은 근육조직이 활발하게 움직여서 웃음은 건강에도 만점이다. 이 때문에 요즘은 어딜 가든 '웃는 얼굴', '미소'가 화두다. 웃음으로 인기를 얻고 웃음으로 사람들의 마음을 사로 잡는 이른바 '웃음 권하는 사회'다. 하지만 보약도 과하면 해가 되듯이 장소나 상황에 따라서 웃음은 적당히 조절되지 않으면 오히려 자신에게 단점이나 그 이상의 문제를 안겨준다.

국내 한 결혼정보회사에서 초·재혼 대상자들을 대상으로 '맞선 상대와 대화 중 가장 주의해야 할 사항'에 대해 설문조사를 실시

한 결과 남성은 '지나친 웃음, 수다'를, 여성은 '진실성'을 가장 높게 꼽았다고 한다. 따라서 맞선 시 남성은 지나치게 깔깔대고 웃거나 수다를 떠는 것을 지양하고, 여성은 진실성이 엿보이게 하는 것이 중요한 대화 태도인 것이다.

지나친 웃음은 맞선만이 아니라 조직생활 내 활동에서나 단체모임 시 또 대인관계 만남에서도 마찬가지로 문제가 된다. 웃음 그 자체가 싫거나 나빠서가 아니라 지나칠 경우에는 그로 인한 오해를 불러올 소지가 많기 때문이다. 웃음은 어떤 장소나 상황이든 상대의 말에 대해 내가 보여주는 진솔한 반응으로 비춰지기 때문이다.

동료들 사이에 성격 좋기로 소문난 중소기업 사장 B씨는 지인의 소개로 각계 각층의 사람들이 모이는 한 사교모임에 나갔다가 몇몇 사람에게 '이상한 사람'으로 6개월 넘도록 오해를 받은 적이 있다.

평소 웃음소리가 유난히 큰 B씨는 테이블에 함께 있던 자신보다 나이가 서너 살 위인 작가가 방송 중 있었던 에피소드를 얘기하자 너무 재미있어서 박장대소했다. 그러나 그 다음 모임에 나갔을 때 같은 테이블에 앉아 있었던 사람들이 간단히 인사만 할 뿐 자신에게는 말을 걸지 않았고 술 한 잔 권하지 않았다. 그야말로 썰렁한 분위기에서 혼자서 술을 몇 잔 따라 마시고 도망쳐 나오듯 먼저 자리를 벗어난 그는 아무리 생각해 보아도 자신에게 뭔가 문제가 있다는 생각이 들었다. 모임 참석을 주선해 준 지인을 통해 알아본 결과 작가가 말할 당시 다른 사람들은 적당히 웃고 끝냈는데 자신이 오랫동안 웃은데다 그

것도 너무 크게 손바닥까지 쳐가면서 웃은 것이 그만 흉이 된 것이다.

에피소드를 말했던 작가는 "내 얘기를 무시하는 것처럼 느꼈다."는 것이었고, 또 다른 사람은 "자신이 사장이랍시고 윗사람들 앞에서 경솔하더라."고 말했단다. 또 다른 사람은 "너무 크게 웃는 것이 건방지고 버릇없어 보이더라."고 말했단다. 그제서야 자신의 너무 큰 웃음소리와 한번 웃음이 나오면 오래가는 습관에 문제가 있다는 것을 인식하고 그 다음 만날 때부터는 웃음소리를 조절하려고 노력하는 한편, 오해했던 사람들에게 결코 자신은 그런 부류의 사람이 아니라며 이해와 용서를 구했다고 한다.

너무 크게 웃거나 현장상황 파악이 안 된 상태에서의 타이밍이 맞지 않는 웃음은 다른 이들로 하여금 푼수 없는 사람, 허풍과 과장이 심해 보이는 사람, 건방진 사람, 조신하지 못한 사람 등등 본의 아니게 전혀 다른 평가를 받기 마련이다.

특히 비즈니스 시에는 이 웃음에 더욱 조심해야 한다. 상대에 비해 지나치게 많이 웃거나 크게 웃으면 비즈니스에서 가장 중요한 신뢰성을 잃게 된다. 신뢰성이 무너지거나 보이지 않으면 계약이 이루어질 수 없는 게 당연한 일이다. 그렇다고 무표정한 얼굴로 일관하여 오히려 상대가 거북스러운 입장이 되게 하는 것도 문제지만 큰 소리를 내며 웃어서 주변사람들이 다 쳐다볼 정도로 흉이 되거나 적당히 웃고 그쳐야 하는데 웃음을 참지 못해 다음에 이어질 발언권자의 말을 가로막게 되면 이것은 엄청난 실수가 된다.

웃을 땐 웃어야 한다. 다만 적당한 크기와 양으로 다른 사람들과 호흡을 맞추는 것은 필수다. '웃는 얼굴에 침 뱉지 못한다' 는 속담이 있지만 "지나치게 웃으면 인간관계가 무너진다."는 것도 반드시 명심해야 할 대인관계 화술의 포인트다.

유연성을 갖고 대하라

어느 유명 강사는 스티브 잡스의 '애플'이 뛰어난 이유는 그들이 늘 소비자의 고통을 고민하기 때문이라고 했다. 역으로 말하자면 자신이 만든 제품을 놓고 자신이 편하다고 해서 남들도 다 편할 것이라고 생각하면 그것은 실패로 가는 지름길이라는 얘기다. 자신이 피자를 좋아한다고 해서 동료들 또한 점심시간에 피자를 먹고 싶어 한다고 생각하는 것은 엄청난 착각인 것이다.

인간관계에서 상대의 입장에서 생각하고 말하고 행동하는 것은 매우 바람직한 태도이자 에티켓이고 또 배려이기도 하다. 이를 위해서는 유연성(flexibility)이 필수다.

미국에서 다년간 비즈니스를 해온 한 교포사업가는 미국에 진출한 국내 기업의 간부들이 자주 저지르는 실수로 늘 자기중심적인 행동을 한다고 지적했다. 아래 직원들은 현지인들인데도 점심식사 동행 시나 회식 시 늘 한국음식만 찾아다니고 부하 직원이 자신의 의견을 말하면 '건방지게 기어오른다' 고 여긴다는 것이다. 상대는 쌀밥이나 자극적인 양념을 좋아하지 않을 수 있으며, 또 자신의 의견을 솔직하게 밝히면서 토론하는 문화에 길들여져 자신의 의견에 상사도 솔직담백한 의견을 표시해 주길 원하고 있는데 상사는 그렇지 않으니 업무 협조가 잘 이루어질 리가 없고 조직 내 단합이 잘 될 수 없다.

내 입장, 내가 편한 스타일만 추구하는 사람에게서는 대화든 행동이든 유연성이라고는 전혀 찾아볼 수가 없다. '독불장군' 이라는 말이 있다. 흔히 자기 생각만 중시하고 상대의 생각에는 절대 타협하지 않는 사람들을 말한다. 이런 사람의 경우 대화 시 상대를 당황스럽게 만들어 아주 불편한 상황으로 몰고 가곤 한다. 그들의 입장은 한결같다.

"나는 60평생 나만의 대화 스타일만 유지해 왔어. 지금에 와서 왜 내가 내 스타일을 버리고 상대의 입장을 생각하고, 상대를 편안하게 해주는 대화법을 선택해야 하지. 나는 그럴 수 없어. 나는 나라고."

이런 식의 태도로 일관하는 한 그 사람의 주변에 사람들이 많을 수가 없다. 나이, 성별, 직업에 상관없이 인간관계에서의 자유로운 대화는 서로 말하고 들어주는 것이 지속되어야만 즐거운 대화가 이루어진다. 나이가 많다고 해서, 상사라고 해서 '나는 내 스타일만 고집한다' 는 사람과는 반드시 필요한 질문과 답변 외에는 더 이상 대화가 진전될 수가 없다.

달라이 라마는 세계 정상들이 만나고 싶어 하는 대표적인 인물 중 한 명으로 알려져 있다. 티벳인들의 정신적인 지도자인 그를 만나려는 이유는 단지 정치적인 것 때문만은 아니다. 영어를 잘하고 다방면에 관심과 지식이 많아서 누구하고나 즐거운 대화를 나눌 수 있기 때문이다. 그렇다면 영어 잘하고 다방면에 지식이 많은 사람들은 전 세계인 누구하고나 즐겁게 대화를 나누는 화술의 달인이 될까? 결코 그렇지 않다. 즐거운 대화가 되려면 자신에게 익숙해진 것, 자신이 좋아하는 것을 대화의 테마로 삼기보다는 상대가 관심을 갖고 즐겁게 말할 수 있는 내용을 테마로 삼아야 한다. 여기에는 반드시 사고의 유연성과 대화 내용의 유연성이 우선되어야 한다. 유연한 사고를 가진 사람은 자신과 생각이 다르다고해서 상대와 부딪히거나 자기 입장만 고집하지 않는다. 또 "이것이 정석이니 우리는 늘 이 방식을 따라야 한다."는 것을 고수하지 않는다.

상대가 공감할 수 있는 화두를 찾아내고 상대의 눈높이에 맞추어 대화를 나누는 것, 이것이 유연성의 시작이며, 이 유연성이라는 것은 어느 한 순간에 생겨나는 것이 아니다. 유연성은 오랫동안 생활 습관에 길들여진 다양성에 대한 이해이자 배려의 힘이기도 하다.

인용문을 적절하게 활용하라

어느 명강사가 재취업을 위해 노력하는 실직자들을 위해 마련된 특강에서 한 시간 동안 구직활동을 위해 정열적으로 적극적으로 뛰어들어야 한다면서 여러 사람의 사례를 들었다. 그리고 마지막에 이렇게 말했다.

"스페인 속담에 '항상 날씨가 맑으면 사막이 된다'는 말이 있습니다. 우리 인생에 늘 즐거움과 행복만 있으면 그 인생은 밋밋하고 지루할 겁니다. 때로는 고통과 절망도 인생에 양념처럼 들어가서 인생의 맛을 내는 데 꼭 필요합니다."

특강 후 강의를 들었던 사람들에게 가장 기억에 남는 강사의 메시지를 묻는 질문을 하자 적지 않은 사람들이 59분 동안 그 강사가 했던 말보다 마지막 1분 동안 한 이 말이 더욱 가슴에 와 닿았다고 했다. 강사는 속담을 적절하게 인용한 것이다.

한 시장 후보자가 길거리에서 선거유세를 하는데 후미에 "제가 시장에 당선되면 무엇보다도 시민의, 시민에 의한, 시민을 위한 시정을 펼치도록 최선을 다하겠습니다."고 말했다. 그러자 지나가던 사람들이 뒤돌아서서 시장 후보자를 향해 박수를 치며 환호하는 일이 있었다. 정치인이나 기업인 또는 명강사의 연설을 들을 때면 가장 많이 인용되는 명 구절이 바로 'by the people, for the people, of the people(국민의, 국민에 의한, 국민을 위한)'이다. 미국의 링컨 대통령의 게티스버그 연설에서 나온 이 구절은 수십 년의 세월이 흐른 지금도 많은 사람들의 연설에서 단골 인용 구절이 되고 있다.

말 잘하는 사람들은 대화나 연설 시 명언, 명 구절, 사자성어, 속담 등을 적절히 잘 활용한다. 특히 화자가 강력한 메시지를 전하고자 할 때 주로 나타난다. 이유는 뭘까? 혹자는 이런 의문을 가질 수도 있다. 차라리 자신이 멋진 말을 만들어낼 일이지 하필이면 다른 사람의 말이나 명 구절을 인용하는 것인가에 대해서.

답은 간단하다. 자신은 많은 생각과 고민을 하여 하나의 문장을 만들어내서 나름대로 승부수라 생각하고 던졌는데 반응이 즉각적으로 나타나지 않으면 차라리 하지 않은 것만 못한 일이 된다. 이 때문에 가능한 한 많은 이들에게 각인되어 있는 명 구절이나 명언을 인용하는 것이 자신의 생각이나 의사를 강하게 전달할 수 있는 안정적인 방법이기 때문이다. 또한 대부분의 인용문은 길지 않기 때문에 쉽고 빨리 전달되며 설득력도 지닌다.

명언과 명 구절을 인용하는 풍토는 동서양이 따로 없다. 다만 우리는 속담이나 사자성어를 많이 인용하는 편이지만 서양에서는 성경과 셰익스피어를 많이 인용하는 편이다. 이를 테면 "성경에서 말하기를……", "셰익스피어 햄릿의 대사 중……"라고 말하는 것이다.

최근 들어 입시에서 논술이 급부상하면서 논술 교재나 특강이 상한가를 치고 있다. 논술 강사나 저자들이 강조하는 공통된 메시지 중 하나 역시 자신이 강조하고자 하는 내용을 쉽고 짧게, 그리고 강하게 표현하기 위해서는 속담, 사장성어, 명언 등을 적절히 활용하는 것이 좋다는 것이다. 사실 저자도 취재기자 초년병 시절 데스크나 선배로부터 이 같은 조언을 들었고 기사 작성 시 자주 활용했다. 또 책을 쓸 때도 속담이나 사자성어는 막힌 글을 뚫어주는 아주 훌륭한 역할을 하고 한다.

단 인용도 테크닉이 필요하다. 대화나 연설 시 그 상황에 적절한 인용이어야 효과적이다. 아무리 멋진 말이라 할지라도 그것이 어울리지 않는 상황이라면 오히려 역효과다. 가끔씩 정치인들이 상황에 적절치 못한 비유법을 사용하므로써 오히려 구설수에 오르는 일이 발생하는 것이 그 단적인 예다. 적절한 인용 그것은 신문이나 책을 많이 접하면 자연스럽게 대화나 연설에 녹아들어 위력을 발휘할 것이다.

명 구절이나 명언을 인용하려면

● 인용 노트를 만들어라

평소 독서를 하다가 명 구절이라고 생각되거나 명사의 강연을 듣다 명언이라고 좋은 말이 있으면 그것을 노트해 두는 습관을 가져라.

● 영화나 드라마의 멋진 대사를 기억하라

영화나 드라마를 볼 때 상황에 적절한 멋진 대사가 있으면 곧장 암기하던지 메모해라. 대화나 연설 시 유사한 내용이나 상황을 말할 때 활용하면 전하고자 하는 메시지의 감동이 더해져 아주 좋다.

● 사자성어나 속담을 활용하라

한문의 사자성어나 예로부터 내려오는 좋은 속담을 떠올려라. 대화 시 상황에 맞는 것을 떠올려 활용하면 길게 설명을 하지 않아도 듣는 사람의 이해를 빠르게 하며 쉽게 핵심을 전달하게 된다.

● 주요 테마별 상황별로 카테고리를 만들어두어라

인용 노트를 기록할 때 주제별로 상황별로 기록해 두면 찾아서 활용하기가 쉽고 엄청나게 중요한 자산이자 자신만의 무기가 된다. 카테고리별로 정리가 안 되면 애써 적어놓고 찾는 데 시간이 더 걸린다.

말의 온도를 조절해라

"우리가 하는 말에 온도가 있습니다. 말은, 우리의 입을 통해서 전달되지만 그 뿌리는 마음에 있기 때문입니다. ……"

밥 퍼주는 목사이자 시인으로 잘 알려진 다일공동체 대표인 최일도의 책 행복편지 중 '온도'의 일부다. 가슴에 와 닿는 말이다. 말하는 사람은 모를 수도 있지만 듣는 사람은 분명히 그 말에서 온도를 느끼게 된다. 온도가 상온인 말은 듣는 이로 하여금 가슴에 뜨거운 온도를 느끼게 한다. 뜨거운 말일수록 사랑, 열정, 희망, 용기 등을 불러일으킨다. 하지만 온도가 낮은 차갑고 냉정한 말은 다르다. 온도가 낮은 말을 듣는 사람의 기분은 한겨울에 차가운 물을 뒤집어쓰는 그런 입장이 된다.

사람들은 누구나 차가운 말보다는 따뜻한 말을 선호한다. 단편적인 예로 가정에서 아이들은 엄마와 수시로 대화를 나누며 잘 소통하면서도 아빠와는 비교적 그렇지 못하다. 특히 청소년기를 지나면서 이 같은 현상은 더욱 심해진다. 한마디로 아빠의 말은 온도가 너무 차갑기 때문이다. 청소년기의 자녀들은 엄마와의 대화는 마치 친구와 하듯이 편안하게 부드럽게 이어간다. 하지만 아빠와의 대화는 그 반대다. 사춘기의 심리적 영향도 있겠지만 무엇보다도 '아빠'는 과묵하고 자상하지 않으며 강한 존재로 인식되어 있기 때문이다. 화가 날 때는 마녀보다도 더 무섭게 보이지만 평소에는 늘 부드럽게 말하고 챙겨주는 엄마가 하는 말의 온도는 늘 체온을 지켜주는 37.5도 이상이 된다. 공부하느라 힘들고 피곤할 때 걱정해 주고 신경써주는 엄마의 말은 그보다 더 따뜻한 온도가 되기도 한다.

아빠가 하는 말의 온도는 다르다. "학생이 공부는 안하고 게임만 즐기냐.", "좀 일찍 일찍 다니지 못해." 식의 말은 온도가 영하로 내려가기 직전의 상황이다. 그나마 어쩌다 따뜻하게 한다는 말, 이를테면 "식사는 거르지 말아야 해. 건강이 우선이거든."이라는 말도 그저 미적지근한 온도에서 멈추곤 한다.

사회조직에서도 마찬가지다. 요즘 기업의 경우 직원들은 누구라고 할 것 없이 거칠 것 없이 직선적으로 말하는 강한 이미지의 CEO보다는 늘 부드럽게 미소지으면서 대화를 하는 자상한 CEO를 꼽는다. 기업을 경영하는 CEO에게는 카리스마가 중요하지만 그 카리스마마저도 겉으로는 부드럽고 내면은 강한 부드러운 카리스마의 소유자를 선호한다. 자상함과 부드러움은 따뜻한 감성과 상대를 향한 배려의 마음에서 비롯된다. 말은 사람의 내면에 숨어 있는 감정과 감성을 그대로 드러내는 것이므로 당연히 자상하고 부드러운 감성의 소유자에게서 나오는 말은 따뜻할 수밖에 없다. 누가 들으면 들을수록 가슴속에 뜨거운 열기가 느껴지는 따뜻한 말을 싫어하겠는가.

실제로 어느 설문조사에서 '현직 비서들이 뽑은 이상적인 CEO'는 늘 웃는 얼굴에 배려를 잃지 않으며 직원이 알아채지 못하게 사소한 것들을 챙겨주는 자상한 사람이라고 한다. 또 상사로서의 권위를 내세우지도 않고 일에 있어서는 믿고 맡겨주는 사람이라고 한다. 또 다른 설문조사에서도 국내 대기업 직원들이 선호하는 최고경영자(CEO)는 겉은 부드러워 보이지만 속에는 단단한 씨앗이 들어 있는 복숭아처럼 '외유내강형'인 인물로 조사되었다.

시대는 달라졌다. 60, 70년대는 과묵하고 남성미 넘치는 남성이, 80, 90년대는 세련된 매너와 지성미가 넘치는 남성이 여성들에게 인기를 끌었다. 지금은 부드러운 남자, 유머 감각이 있는 남자가 대세다. 여성들의 남성 선호도는 그 시대의 흐름을 반영한다. 시대에 뒤처지고 싶지 않다면 대화 시 부드러운 언어로 자상하게 다가서라.

맛있게 말하라

홍보전문가에서 오지여행가, 작가, 월드비전 긴급구호팀장 식으로 성공인생을 이끌어가는 한비야씨의 화법을 두고 '속사포 화법'이라는 말이 유행하고 있다. 또 인터넷 블로거에서 어느 네티즌이 그녀의 화법을 두고 "당당하고 호탕하며 에너지가 넘쳐나는데다 자연스럽게 나오는 제스처의 내공도 커서 상대방을 빨아들이는 흡입력이 진공청소기 수준이다."라고 격찬한 내용을 읽은 적이 있다. 이런 그녀의 화술을 증명이라도 하듯 최근 TV의 오락프로그램에 출연한 그녀의 쉴틈 없이 쏟아져 나오는 말에 말 잘하기로 소문난 MC가 제대로 말을 붙이지 못할 정도였다고 한다. 자신의 빠른 화술과 관련 한비야씨는 그날 방송에서 어릴 때부터 빠른 말투 때문에 지적을 당하기도 했으며, 오죽하면 새해에 소망하는 바가 '천천히 말하자' 였다고 밝히기도 했다.

이미 이십여 년 전 기자생활 초년병 시절에 한비야씨와 여러 차례 전화 통화를 하고 직접 인물인터뷰도 하고 식사도 함께했던 저자는 그녀의 독특한 화술을 너무도 잘 알고 있다. 그녀는 말을 잘하며 화법은 남다르다. 가장 눈에 띄는 것은 그녀 자신이 방송에서 고백한 것처럼 한비야씨의 말은 무척 빠르다. 마치 불이 활활 타오르는 화재현장에서 생방송 보도를 진행하는 기자 못지않게 그녀의 말은 매우 빠르다. 집중하지 않으면 무슨 말을 했는지 모를 정도다. 하지만 그녀의 말은 한 마디로 맛있다. 말은 빠르지만 상대가 그녀의 말속으로 빨려들어가게끔 꼭 필요한 말만 집중적으로 하되 밝은 표정으로 즐겁게 하는 스타일이다. 문장을 길게 늘어뜨리지 않고 단문장을 자주 구사한다. 그녀의 말은 속도가 빠른데도 불구하고 귀에 쏙쏙 들어온다. 이 같은 그녀의 화술이 말이 빠른 단점을 보완해 주면서 오히려 말을 맛있게 하는 사람으로 인정하게 해주는 것이다.

만일 한비야씨가 화술이 약했다면 지금의 한비야도 없을 것이다. 그녀는 미국에서 국제홍보학을 공부한 후 유명홍보 전문회사에 취업했고 국내 활동은 올림픽 당시 미국홍보를 담당한 것이 계기가 되어 그후 한국지사에 발령받아 국내에서 다양한 홍보활동을 담당했다. 외국의 동물애호가들의 국내 동물보호운동, 바퀴벌레 퇴치 약품 홍보는 아직도 저자로 하여금 홍보전문가 한비야를 기억하게 하는 것들이다. 당시 그녀가 전화상으로나 직접 만나서 신문에 다루어주었으면 하는 내용들은 거의 대부분 다루었을 정도다. 초년병 기자라서 베테랑 홍보전문가가 하는 말에 중심없이 딸려간 적도 있겠지만 지금 생각해 보면 관건은 그녀의 화술이었다. 그녀의 말을 들으면 신뢰감, 사실감, 진실성 등을 느끼곤 했던 것 같다.

한비야씨의 화술은 그녀를 성공인물로 만든 데 적잖은 역할을 했을 것으로 판단된다. 그녀의 화술에 문제가 있었다면 홍보전문가 활동은 불가능하다. 일단 보도자료를 언론사에 배포하려면 수많은 기자들에게 전화를 걸어 대화를 나누어야 하고, 구체적인 내용을 알고자 하는 기자들은 직접 만나서 일일이 설명을 해주어야 한다. 어디 이뿐만인가. 다양한 행사장에서 마이크를 잡기도 해야 하며, 말 잘하는 기자들을 자기 사람으로 끌어들여야 한다. 그러니 그녀의 화술은 이미 젊은 시절부터 직업에서 다져진 노하우가 적잖게 녹아 있는 셈이다.

맛 있는 말과 맛 없는 말의 차이는 극명하다. 맛 있는 말은 듣는 사람으로 하여금 저절로 나에게 흡입되게 하지만 맛 없는 말은 듣는 이로 하여금 '제발 빨리 대화가 끝났으면', '저 사람의 말은 귀에 전혀 들어오지 않는 소음이야' 라는 거부반응을 갖게 한다.

맛있게 말하려면 어떻게 해야 할까?

● 조리있게 말하라

두서없이 이 말 저 말 늘어놓으면 듣는 사람이 집중도 안 되고 무슨 말인지 이해도 안 된다. 문장을 구사할 때 6하 원칙을 적극 활용하고, 내용 전개 시 서론 · 본론 · 결론을 연결지어 말하라.

● 목소리는 밝게 단문을 구사해라

너무 길게 늘어뜨리는 말은 듣는 사람의 귀에 빨리 입력이 되지 않는다. 단문을 자주 구사하면 상대방의 집중력이 보다 강해진다.

● 문어체 말투는 피하라

문어체 말투는 밋밋하고 지루하게 느껴진다. 구어체 말투로 말하되 상대방의 나이나 성별에 맞는 언어를 선택하여 말하면 한결 감각적인 언어로 재미있는 말을 구사할 수 있다.

'I'보다는 'We'를 자주 써라

글로벌 기업인 국내 한 전자회사의 홈 엔터테인먼트(HE)와 모바일 커뮤니케이션(MC) 사업본부에 신임 본부장으로 각각 취임한 부사장들이 본부 임직원들에게 보낸 취임 메시지가 한동안 매스컴의 스포트라이트를 받은 적이 있다. 두 사람은 약속이라도 한 듯 조직문화에 대해 '역지사지(易地思之)' 정신을 강조하면서 '우리'(WE)라는 공동체 마음을 갖자고 당부했다. 이들의 '우리'(WE)는 조직 간의 빠른 의사소통과 창의적이고 자율적인 조직문화 구축을 통한 화합의 의미가 담겨 있다.

전국적 체인망을 지닌 뷰티서비스업체의 CI탄생 배경도 매스컴을 탔다. 이유는 이 회사의 CI 'We'는 기업의 대표인 디렉터의 성을 영어식 발음으로 표현하고자 한 의미도 있지만 회사측은 'We'

의 또 다른 의미로 '우리'를 강조하면서 고객과 기업과의 교감을 중요시하고자 했다는 것이다.

알고 보면 'WE'를 추구하는 것은 이들 기업만이 아니다. 수많은 기업들이 제품광고나 회사 이미지 홍보를 위해서 'I'가 아닌 'WE', 즉 내가 아닌 우리를 내세운다. 기업을 이끌고 성장시키는 힘의 원천은 사람에게서 나오므로 조직력은 필수며 소비자가 없이는 기업성장이 불가능하기 때문에 '우리'를 강조함으로써 대내외 둘 다 친밀감을 표현하고 함께 성장하겠다는 동지의식을 갖게 하려는 데 그 목적이 있다.

대화에서의 'WE' 우리는 어떤 힘을 발휘할까? 두말 할 나위 없이 상대를 내 사람으로 만드는 데 일등공신 역할을 하는 말이다. 사람들은 누구나 '나', '너'보다는 '우리'라는 말을 들을 때 소속감과 동지애를 갖게 된다. 그리고 '우리'라는 말을 반복적으로 사용하거나 듣다보면 자신도 모르게 상대와 가까워지는 속도가 한결 빨라진다. 이를 테면 '우리'라는 말은 두 사람 이상의 관계나 조직을 아주 자연스럽게 하나로 만들어주는 마치 자석 같은 역할을 하는 셈이다.

가족이나 친구 또는 동료들과 여행을 자주 해본 사람들은 '우리'라는 두 글자가 갖는 힘이 얼마나 큰가에 대해 잘 알 것이다. 처음 가 본 낯선 장소에서 수많은 사람들을 만나지만 그들이 아무리 친절하고 살갑게 대해 주어도 그들과의 관계는 남남 그 이상일 수가 없다. 하지만 동행한 가족이나 친구, 동료는 믿고 의지할 수 있는 유일한 기둥이자 보호막이므로 함께 있다는 자체만으로도 엄청난 힘이 된다. 이 같은 심리적인 요인은 대화 도중 무의식적으로 '우리'라는 말을 수없이 사용하게 만든다.

"우리는 무엇을 먹지?"

"우리 어느 곳으로 갈까?"

"우리 저녁에는 무얼 할까?"

이런 말들이 반복해서 튀어나온다.

나는 역마살이 끼어서인지 여행을 좋아하기 때문에 혼자서 국내외 곳곳을 헤집고 다니는 편이다. 하지만 일과 연결시켜 여행을 떠나는 편이기에 혼자서 갈 때가 많다. 그럴 때마다 혼자라는 단조로움을 즐기기도 하지만 낯선 마을, 낯선 도시에서 다른 여행객들의 대화 속에서 'WE', '우리'라고 하는 말을 듣노라면 적잖게 외롭고 때로는 불안함마저 느끼게 된다.

가끔씩 떠나는 초등학생 아들과의 여행에서 나는 아이의 특별한 언어습관을 발견하곤 하는데, 바로 아이가 '우리'라는 말을 유독 자주 사용한다는 것이다. 아이는 '우리'라는 말을 통해서 낯선 곳에서의 두려움이나 걱정을 스스로 털어내는 게 아닌가 싶다.

남녀노소를 막론하고 '우리'라는 말을 싫어하는 사람은 없다. 상대가 거부하는 사람이 아닌 이상 '우리'라는 말은 '나', '너'와는 느낌부터가 달라진다. 그렇다면 인간관계든 비즈니스든 만나는 상대와의 대화에서 중간중간에 '우리' 라는 말을 사용해 보자. 대화의 흐름이 보다 자연스러운 것은 물론이고 상대의 마음을 열게 하는 데 아주 좋은 키워드가 될 것이다.

외래어를 남발하지 마라

"야 브…… 브라이 너 이름이 뭐야."

"식전부터 영어질이야. 조선말 써."

2009년 가장 통쾌하고 유쾌한 영화로 네이버 평점 9.0, 다음 평점 9.1을 기록하며 폭발적 반응을 얻었던 영화 '작전'의 600억 주식 작전을 꾸미기 위해 처음으로 한자리에서 만나는 중요한 장면에서 황종구가 영어를 남발하는 브라이언 최에게 하는 말이다.

이 장면을 보고 관객들은 배꼽을 잡고 웃는다. 그 웃음에는 두 가지 의미가 있다. 배우의 대사 속에서 리얼리티가 살아 숨쉰다는 점과 다른 하나는 평소 외래어를 남발하는 사람들을 보면 꼭 해주고 싶었던 충고를 대신해 줌으로써 얻게 되는 일종의 대리만족 같은 심리다.

우리 사회는 적지 않은 사람들이 외래어를 남발하는 사람들에 대해 적대감을 갖는다. 처음 만난 상대가 말끝마다 영어 단어를 사용하면 시쳇말로 '밥 맛이다', '꼴불견이다' 라는 생각을 갖는다. 물론 장기간의 외국생활을 통해 영어가 생활화된 사람이라면 적당히 봐주고 넘어가지만 국내에서 살면서 대화 시 영어를 많이 사용하면 우아해지려고 하거나 잘난 척이나 하는 사람으로 치부한다.

학교교육에서 영어를 중시하고 사회나 직장에서 영어 잘하는 사람을 인정해 주는 풍조가 만연되면서 온 국민이 영어에 빠져 있다는 소리를 들을 만큼 영어가 대단한 훈장을 달고 있는 상황이다. 특히 의학이나 IT분야 같은 경우 특성상 종사자들이 우리말보다는 영어를 더 많이 사용한다. 이들 분야의 전문가들이 모여 대화를 나누는 현장에 가면 일반인들은 무슨 말인지 절반도 못 알아들을 정도다. 그럼에도 불구하고 많은 사람들이 영어는 영어일 뿐 한국 사람은 한국어를 제대로 구사해야 한다는 것에 생각을 같이 한다. 결코 나쁘지 않은 현상이다.

인간관계에서도 마찬가지로 영어를 남발하는 사람을 선호하는 이들은 극히 드물다. 웬만하면 상호 편안한 의사소통을 위해서라도 외래어는 가급적이면 피하고 우리말을 사용하는 것을 원하기 때문이다. 게다가 학력의 고하를 막론라고 외래어를 많이 사용할수록 동질감은 멀어지고 이질감만 커지는 것도 그 이유 중의 하나다. 회사나 정부에서 인재를 채용할 때는 다르겠지만 대인관계 시 만남에서는 대부분의 사람들이 처음부터 강하게 톡톡 튀어나오는 모난 돌 같은 사람보다는 둥글둥글하게 다가오는 편안한 이미지의 사람들에게 좋은 감정을 갖기 때문이다.

단 사투리는 외래어와는 정반대의 효과를 나타낸다. 새로운 사람을 만났을 때 상대가 구수한 지방 사투리를 사용할 경우 사람들은 오히려 더 후한 점수를 주기도 한다. 사투리에서 느껴지는 친근감과 소박함 때문이다. 또 사투리는 특성상 강한 여운을 남기기 때문에 상대를 보다 쉽게 기억하게 되는 점도 있다.

방송과 신문, 그리고 학계에서는 우리말의 올바른 사용에 대한 캠페인을 벌이고 우리말에 대한 애착이 강한 학자들은 '정부와 지자체들의 외래어 남발' 현상에 페널티를 주어야 한다는 목소리를 내고 있다.

하지만 굳이 이런 우리말 사랑을 접어두고라도 편안한 대인관계에서 상대와 빨리 가까워지고 신뢰를 쌓는 관계를 원한다면 대화 시 외래어는 자제하고 순수한 우리말의 매력을 적극 활용하는 것이 효과적인 화술이다.

문제점이나 단점을 감추려 들지 마라

지금의 오바마 대통령이 대통령후보직 수락연설을 할 당시 그의 앞에는 예기치 않았던 엄청난 대항마가 등장했다. 상대인 매케인 진영의 여성 부통령 후보인 사라 페일린이었다. '오바마 저격수' 역할을 자청하고 나선 그녀는 야무지고 깔끔한 말투와 자신감 가득한 스피치로 부통령 후보직 수락 연설을 성공적으로 마쳤다. 하지만 당시 그녀에게도 자칫하면 엄청난 단점이 될 만한 문제가 있었다. 언론은 그녀의 어린 딸의 임신과 다운증후군을 앓고 있는 장애인 아들 문제를 들춰냈던 것이다. 문제 가정의 엄마가 극성을 떠는 모습으로 비춰질 수도 있었다. 하지만 그녀는 숨기거나 피하지 않았고 당당하고 솔직하게 말했다.

"속을 들여다보면 어떤 가정도 평탄하지만은 않다. 우리 집도 마찬가지다. 다른 집들처럼 기복도 있었고, 문제도 있었고, 기쁜 일도 있었다. 가장 큰 기쁨이 때로는 문제가 되기도 한다. 특별한 주의를 기울여야 하는 아이들은 매우 특별한 사랑을 불러일으키기도 한다."

이 연설로 인해 그녀는 오히려 미국 중산층을 감싸 안을 부통령감으로 인정받는 기회를 잡았다. 물론 승리는 오바마에게로 돌아갔지만 자기 가정의 불편한 문제를 허심탄회하게 털어놓으면서 다른 가정에서도 충분히 있을 수 있는 문제 중의 하나인 것처럼 말한 것은 대단한 말재주였다는 후문이다.

국회의원이 자신의 가정의 속사정을 공개적으로 밝히기란 쉽지 않은 일이다. 한나라당 나경원 의원이 초선이자 비례대표로 국회의원 배지를 달자마자 한 일은 국회 내에 '장애인특위' 를 만드는 것이었다. 1년 후인 2005년 그녀는 어느 매체와의 인터뷰에서 영화 '말아톤' 의 주인공 초원의 어머니가 "내 소원은 초원이보다 하루 늦게 죽는 것"이라고 한 말을 떠올리면서, "그것이 장애아를 둔 부모의 마음이며 개인이나 가족이 떠맡고 있는 장애의 부담을 이제는 사회가 나누어야 한다."고 말했다. 또 그는 2007년 여의도 전국경제인연합회관에서 열린 '장애인 부모 후원회' 창립대회장에서도 "내 아이가 장애아가 아니었으면 약자들의 아픔을 깨닫지 못하고 밝고 좋은 것만 추구하며 살았을 텐데, 아이가 내게 많은 가르침을 줬다."고 했다. 당시 그는 한나라당 대변인으로서 날카로운 정치인의 이미지가 강했던 시절이었다. 장애인 부모의 입장에서 다양한 활동을 하는 나경원 의원은 자신의 딸이 다운증후군 장애를 갖고 있다는 것을 숨기지 않고 드러내면서 의원이기 전에 엄마의 마음으로 많은 이들의 가슴에 새겨졌다.

대체적으로 사람들은 자신의 단점이나 속사정은 꽁꽁 감춰두고 아무 일 없다는 듯 다른 사람의 비위나 분위기 맞추는 사람들에 대해 고운 시선으로 보지 않는다. 더욱이 이미 그 사람의 단점이나 문제점을 잘 알고 있다면 내놓고 말하진 않더라도 지나치게 가식적인 사람이라고 여기게 된다. 자신의 단점이나 문제점이 상대에게 드러나는 것에 대해 자존심 상하는 일이며 상대가 알게 될 경우 자신과의 인간관계에서 문제라도 발생하는 것처럼 여기기 때문이다.

하지만 대다수의 사람들은 그 반대다. 단점이나 어려운 문제를 안고 있음에도 불구하고 현실을 그대로 받아들이면서 극복하려는 의지를 드러내는 사람에게는 오히려 용기를 주고 조금이라도 힘이 되어 주고 싶어한다. 그러니 대화 시 숨기고 감추는 것만이 능사는 아닌 것이다. 자신의 허물이나 단점을 훌훌 털어버리는 것 그것도 화술의 하나이다.

덜 약속하고 더 해주어라 (톰 피터스)

경영자들이 명심해야 할 말이다. 직원들에게 거품 있는 약속은 자제하고 최소한 실천 가능한 약속을 하되 그 약속을 먼저 지킨 후 수익을 더 나누거나 복지후생에 더 좋은 조건을 부여한다면 멋진 일이다. 반드시 지킬 수 있는 약속을 하여야 한다.

자기가 싫어하는 것을 남에게 베풀지 말아라 (공자)

자신이 싫어하는 것은 남도 싫어하기 마련이다. 내가 먹기 싫은 음식은 남도 마찬가지일 것이니 내가 좋아하는 것을 나누지는 못할망정 내가 싫어하는 것으로 인심 쓰지 말라는 얘기다. 주고도 욕먹는 일이다.

사람 행복의 90%가 인간관계에 달려 있다 (키에르케고르)

세상 모든 일은 사람과 사람과의 관계 속에서 이루어진다. 어떤 사람과 어떠한 인간관계를 나누느냐에 행복과 불행으로 나뉘어진다. 행복해지려면 좋은 사람들과 좋은 인간관계를 잘 유지하고자 노력해야 한다.

누구에게나 친구는 어느 누구에게도 친구가 아니다 (아리스토텔레스)

친구가 많다고 해서 그 친구들이 다 진정한 친구는 아니다. 친구는 많을수록 좋은 일이지만 진정한 친구는 많지 않다. 인생을 살면서 진정한 친구 3명만 있어도 성공하는 것이라는 말을 떠올릴 필요가 있다.

낭비한 시간에 대한 후회는 더 큰 시간 낭비이다 (메이슨 쿨리)

지나간 일에 대한 후회는 오히려 시간만 낭비하는 일이다. 무의미하게 써버린 시간을 후회하기보다는 앞으로 다가올 시간을 보다 알차게 사용하고자 노력을 하는 것이 더 가치있는 일이다.

노력 없이 쓰인 글은 대개 감흥 없이 읽힌다 (사무엘 존슨)

피눈물나는 노력 없이 쉽게 대충대충 쓴 글은 읽는 사람으로 하여금 감동과 흥미를 안겨주지 못한다. 이를 테면 쉽게 쓴 글은 독자의 관심을 받지 못한다. 반대로 노력하면 그만큼 인정받기 마련이다.

지성을 다하는 것이 곧 천도(天道)다 (맹자)

'지성이면 감천이다' 는 것과 같은 말이다. 정성을 들이면 하늘도 감탄하여 불가능한 일도 이루어지게 한다는 의미다. 어떤 일이든 이루고자 한다면 그만큼 정성과 노력을 기울이라는 얘기다.

티끌 모아 태산 (공자)

하루 아침에 부자되는 법 없으니 작은 돈일지라도 열심히 모으면 부자가 될 수 있다. 무슨 일이든 처음부터 큰 성공만을 욕심내지 말고 묵묵히 노력하면 큰 것을 이룰 수 있다는 의미로 '천리 길도 한 걸음부터' 라는 말과도 일맥상통한다.

희망은 어떤 상황에서도 필요하다 (사무엘 존슨)

희망을 저버리지 않는 것, 그것이 곧 희망인 것이다. 아무리 어렵고 힘든 상황일지라도 좌절하지 않고 희망을 갖고 있다면 좋은 결과가 기다리기 마련이다. 이를 테면 긍정의 마인드인 셈이다.

희망만이 인생의 유일한 사랑이다 (앙리 프레데릭 아미엘)

희망을 갖는 것은 자기 자신을 위해 가장 큰 무형의 재산을 갖는 것이나 마찬가지다. 인생에서 희망은 그만큼 소중하고 의미있는 것이다.

인생은 위험의 연속이다 (다이앤 프롤로브)

인생을 살다보면 생각지도 않았던 일들이 시시각각 터져나온다. 늘 살얼음판을 걷는 것과 같은 일이다. 매사에 신중을 기하여야 위험에 빠지는 일을 줄일 수 있으며 설령 위험에 부딪친다 하더라도 그것을 극복하고자 하는 노력을 기울여야 한다.

시작이 반이다 (아리스토텔레스)

성공을 말하기 전에 시작하는 것과 시작하지 않은 것은 엄청난 차이가 있다. 시작은 곧 현재진행형이다. 시작 자체만으로도 목표의 절반을 이룬 것과 같은 것이다. 미루지 말고 겁내지 말고 일단 일을 저지르는 용기와 실천이 필요하다.

제3장_ 긍정의 화술이 성공과 희망의 바이러스다

사람이 지은 죄 가운데 입으로 저지른 죄가 크다 했다.
보이지 않지만 말 한 마디가 가져오는 파급력은 개인의 삶 뿐만 아니라
세상을 바꾸기도 한다. 항상 긍정적인 마음으로 긍정적인 대화를 하면
거기서 나오는 희망은 바이러스처럼 퍼져나갈 것이다.

에피소드를 활용해라

강연이나 대화 시 자신이 전달하고자 하는 핵심 내용은 상대에게 아무리 큰소리로 강조하고 자신의 생각을 주장한다고 해도 그것은 효과가 없다. 의도적인 주장이나 강조로만 여겨질 뿐이다. 하지만 진실이 묻어나는 에피소드는 다르다. 청중이나 상대가 자신도 모르게 화자의 말 속으로 저절로 빨려들게 되며 자신이 설득당하고 있다는 것조차 파악하지 못할 정도로 자연스럽게 동요된다. 이를 테면 말 잘하는 사람들은 "재산 축적이 인생 성공의 지름길은 아니니까 대인관계에 충실하라."고 직선적인 스타일로 강조하지 않는다. 남다른 대인관계로 인해 돈도 벌고 인맥이 더욱 넓어지면서 인생의 성공도 거머쥔 사람의 구체적인 사례, 그 중에서도 재미도 있고 이해도 쉬운 이야기를 풀어놓는다.

명강사로 활약 중인 스피치 전문가 김미경 원장은 언젠가 TV 강연에서 자신이 직접 겪었던 에피소드를 인용한 결과 아주 성공적이었다고 밝힌바 있다. 남편을 따라 부산으로 가족여행을 갔다가 남편 회사의 부사장 가족을 만났는데 남편은 오로지 모든 스케줄을 부사장과 그의 가족에게 맞춰 움직였고 술자리에서는 가족들에게는 전혀 재미없는 얘기를 몇 시간 동안 나누며 시종일관 웃는 모습을 보였다고 한다. 그러자 여행 후 딸이 자신에게 말하기를, "엄마, 아빠한테 잘해 줘. 아빠가 그렇게 안 웃긴 얘기에 4시간 동안 웃는 거 처음 봤어."라고 했다는 내용이다. TV 강연 주제가 중년 남성의 애환이었는데 그의 에피소드가 끝나자 방청객 100여 명의 남자 중 70여 명이 눈물을 흘렸다고 한다.

김미경씨가 전하는 메시지는 무엇이 중요하고 어떻게 해야 한다고 강조하지 않더라도 에피소드만 제대로 힘을 발휘하면 청중들은 강의가 끝날 때쯤 자신이 무엇을 해야 하는지 스스로 답을 찾는다는 것이다.

강사들 중에는 자신의 주장이나 생각을 관철시키고자 다양한 논리를 내세우고 거기에 해박한 지식들을 덧입히곤 한다. 또 어떤 이들은 목소리를 크게 내고 제스처를 통해 자신의 의사를 전달하고자 한다. 하지만 사람의 마음을 움직이는 것은 관념적인 주장도 큰 목소리나 액션도 아니다. 듣는 이의 마음을 감동의 도가니로 몰고 가는 것은 다름 아닌 진솔한 스토리다.

수많은 경험을 통해 섬유 분야의 전문가로 성장하여 기업까지 성공적으로 일군 어느 기업인이 라디오 프로그램의 성공한 인물들과 대담을 나누는 코너에 출연 제의를 받았다. 방송 출연이 처음이었던 이 기업인은 담당 PD로부터 오직 한길만 걸어오면서 성공을 거둔 것에 초점을 맞춰 대담을 하게 된다는 얘기를 듣고 자신이 왜 섬유업계에 뛰어들게 되었고, 어떤 회사에서 경력을 쌓았고 직접 개발한 특수섬유는 어떤 것인지 등등 이력서를 기초로 살을 붙이는 식의 내용을 준비했다. 특히 자신이 가장 애지중지하는 특수섬유에 대한 장점과 용도 등은 더욱 신경을 써서 자세히 요약해 가지고 갔다. 하지만 방송국에서 대담을 나누는데 MC가 질문하는 것은 이력서 순서와는 상관없이 중구남방식으로 에피소드나 그 누구에게도 말하지 않았던 비하인드 스토리만을 주로 캐물었다.

방송이 끝난 후 그는 같이 동행했던 비서에게 "무슨 대담이 저래. 깊이는 없고 하나같이 재미있는 얘기, 고생했던 얘기만 캐묻는 거야. 시간만 낭비했네."라고 말했다. 하지만 방송 후 회사에 도착하자마자 여기 저기서 전화가 걸려오는데 하나같이 "감동적이었습니다.", "그런 일도 있으셨군요.", "정말 존경스럽습니다."식의 전화가 수없이 걸려온 것이다. 그제서야 그 사장은 사람들이 정말 원하는 것은 특수섬유와 돈을 어떻게 벌었는지가 아니라 성공하기까지 직접 겪은 감동스토리라는 것을 알았다.

대화에서의 감동스토리는 상대로 하여금 나를 믿고 좋아하게 하는 아주 소중한 나만의 무기이자 보물 같은 것이다. 단 자존심을 내세워 나만의 특별한 사연을 꺼내놓지 못하는 사람이라면 자신이 경험한 소중한 얘깃거리들은 무용지물 그 자체인 것이다.

자긍심을 부채질해라

남자의 가장 큰 매력은 무엇일까? '꽃미남'이 브라운관을 지배하는 시대이니 외모라고 말하는 이들도 적지 않을 것이다. '루저'라는 말이 나오고 정치인들마저도 패션이나 성형을 통해 이미지 메이킹으로 외모에 많은 신경을 쓴다. 키가 훤칠하고 잘 생긴 남자가 아니면 어떤 분야에서 성공을 한다하더라도 그 능력이 부각되지 않을 수도 있다고 우려하는 이들도 있겠다. 하지만 남자의 진정한 매력과 능력은 외모와는 상관없다는 것을 수십 년 동안 증명해 주는 인물이 있다. 가장 성공한 총리이자 가장 위대한 영국인으로 역사에 기록된 윈스턴 처칠(Sir Winston Churchil)이 바로 그 주인공이다.

160cm를 겨우 넘는 단신에 뚱뚱하고 등이 굽은데다 대머리인 처

칠은 누가 보아도 '매력적인 외모'와는 거리가 멀어도 한참 멀었던 인물이다. 하원의원에 당선된 후 제2차 세계대전 발발 당시 10년 만에 65세의 늦은 나이로 해군장교로 입각한 그는 이듬해 총리가 되었다. 그 후 총리로 재입각하는가 하면 1953년에는 노벨문학상도 수상했으니 그야말로 말년에 화려한 경력을 남긴 셈이다.

1940년부터 1945년까지, 그리고 다시 1951년부터 1955년까지 9년간 영국 총리를 지낸 처칠은 제2차 세계대전 당시 히틀러와 나치스에 맞선 최후의 지도자였다. 악명 높은 독재자 히틀러가 전 유럽을 무릎 꿇게 만들었지만 그런 히틀러도 무모할 정도의 용기와 고집으로 똘똘 뭉친 남자 처칠 앞에서는 두 손을 들었다.

제1차, 제2차 세계대전 당시 처칠은 숱하게 전장을 누비고 다녔지만 매번 무사히 귀환했다. 그리고 작가로서의 능력을 화술에 적극 활용했다. 영국민들이 위기 속에서 좌절할 때마다 그는 수많은 명연설들로 영국인들을 일으켜 세웠다.

"국민 여러분께 드릴 수 있는 것은 피와 노고, 그리고 땀과 눈물뿐입니다."

"만약 이 나라의 장구한 역사가 끝나는 불행한 사태가 일어난다면, 그것은 우리들 각자가 자신의 피에 질식해서 땅바닥에 쓰러진 후의 일일 것입니다."

"우리는 바다와 하늘에서, 강과 항구에서, 들판과 시가지와 언덕에서 끝까지 싸울 것이며 결코 항복하지 않을 것입니다."

이 같은 명연설들이 그의 입에서 나올 때마다 영국인들은 마치 마법에 걸린 것처럼 힘을 내 일어서고 하나로 똘똘 뭉쳤다. 그 마법은 다름아닌 그의 연설이 단순히 미사여구 나열에 그치지 않고 늘 역사적 시각을 담고 있었다는 데 있다. 처칠은 영국인들이 자신들의 긴 역사에 자부심을 갖고 있다는 사실을 잘 알고 있었기에 국민으로 하여금 대영제국의 역사에 한 획을 긋는 존재라는 자긍심을 심어준 것이다. 인간은 심리에 의해 크게 달라진다. 자긍심을 부추긴 처칠의 연설 테크닉에 대해 역사가들은 그가 구사한 고도의 전략으로 평가하고 있다.

자긍심을 부채질하는 것, 그것은 불씨에 기름을 부어가면서 선풍기를 돌리는 일이다. 평균 80점이 안 되지만 수학만은 늘 90점이 넘는 아이에게 "넌 수학을 아주 잘하잖아."라고 반복해서 자긍심을 심어주면 아이는 수학 100점이라는 목표를 이루면서 수학자가 되겠다는 꿈을 갖고 더 열심히 공부할 것이다. 그 결과 다른 과목에서도 좋은 성적을 거둘 확률이 높아진다.

우리가 상급학교에 입학할 때마다 교장선생님들은 입학식 축사에서 학교의 이름과 명성을 강조한다. 몇 회 졸업생 누구 누구를 거론하면서 그들이 국무총리, 국회의원, 박사, 판사가 되었다고 말한다. 이어서 이런 유능하고 유명한 선배들이 있는 학교이니 자긍심을 가져달라고 강조한다. 그날 입학생들 중 적지 않은 아이들이 부모에게 또는 다른 학교에 진학한 친구에게 '○○가 우리 학교 몇 회 졸업생이다' 라고 자랑한다. 이미 학교에 대한 자긍심이 생긴 것이다.

기업도 마찬가지다. 오래된 기업들일수록 경영진들은 직원에게 기업의 역사를 강조한다. 우리 회사는 역사가 70년이나 되었고, ○○제품은 국내 최초, 세계 최초라고 강조한다. 그야말로 당신은 대단한 회사의 직원이니 자긍심을 갖고 더 열심히 일해 달라고 당부하는 것이다. 회사 경영진 입장에서 직원이 회사에 대한 자긍심을 갖는 것은 매우 중요한 일이다. 자긍심이 있는 한 회사에 대한 직원의 충성도는 당연히 높기 때문에 이직을 꿈꾸거나 나태한 좀비족이 되는 일은 없기 때문이다.

에너지를 느끼게 하라

경영학계 유명인들의 강의 내용도 듣고 보면 공통점이 많아 그게 그거인 경우가 허다하다. 기본에 충실해야 하고 미래를 내다볼 줄 알아야 하며 사람을 잘 뽑고 관리해야 한다는 등은 빼놓지 않고 포함되는 내용들이다. 세계적인 베스트셀러인 『초우량기업의 조건』의 저자이자 시간당 10만 달러(약 1억 2,000만 원)를 벌어들이는 것으로 유명한 경영컨설턴트 톰 피터스. 현대경영학의 권위자로 불리지만 그의 강연을 들은 사람들 중에서도 그 역시 별 다를 바가 없었다고 말하는 이들도 있다. 하지만 그의 강연을 들은 대다수의 사람들이 톰 피터스에게는 명쾌한 화술로 청중을 사로잡는 장점이 있다고 말한다.

톰 피터스는 60대의 나이지만 강연장을 꽉 채우고도 남는 힘 있는 목소리와 3시간 내내 쉬지 않고 말하면서도 청중과 무대를 오가며 무선 마이크를 활용한 강연을 한다. 청중들에게 다가서서 눈을 마주하고 토론하듯 말하는 그에게서 청중들은 열정과 강한 에너지가 느껴진다는 것이다. 강연 내용도 내용이지만 그의 강연을 들은 후에는 마치 피터슨의 기를 몸에 받아가는 것처럼 에너지가 생긴다고 한다.

이게 바로 에너지가 느껴지는 화술인 것이다. 사람들은 대부분 에너지가 느껴지는 사람들을 좋아한다. 그들은 매사에 열정적이다. 열정적으로 일하며, 열정적으로 말하고, 열정적으로 생활한다. 특히 말은 장소에 상관없이 상대에게 직접 전달되는 것인 만큼 그 영향력과 효과는 매우 크다.

열정적으로 말하는 사람들의 언어에는 흡인력이 있다. 말 잘하는 명강사들의 강연을 들어보면 그들은 시종일관 청중들을 자신의 사람으로 사로잡는다. 그들의 말 한 마디에 청중은 웃고 울고 시선은 늘 화자에게 고정된다. 말을 듣고 있는 내내 "저 사람 말이 맞아.", "그래, 그렇게 살아야 돼.", "나도 그렇게 해볼 거야."라는 마음을 갖게 된다. 이쯤 되면 자신도 모르는 사이에 화자로 인해 에너지가 생긴 셈이다.

흔히 말하기를 사기꾼들은 말을 잘한다고 한다. 사기꾼들의 경우 자신이 의도적으로 그려놓은 스토리에 함정을 만들어놓고 상대의 마음을 자신의 말에 빨려 들어오게 하여 자신이 원하는 목적을 취하는 것이다. 하지만 사기꾼의 화술은 명강사들의 말처럼 상대에게 에너지를 부여하지는 못한다. 단지 말하는 순간 상대의 마음을 동요시켜서 자신의 뜻에 동의하게 만드는 선에서 끝나게 할 뿐이다. 에너지를 부여해서 그 에너지가 새로운 목표 달성과 꿈을 향해 달릴 수 있는 동력을 만들어내게 하는 역할을 하지는 못한다.

듣는 이로 하여금 에너지를 갖게 하는 화술은 가정, 조직, 대인관계 그 어디서든지 누구에게나 필요한 화술이긴 하지만 특히 조직의 리더라면 더욱더 필요로 하는 화술이 된다. 동시에 수많은 사람들에게 힘을 샘솟게 하고 그것이 곧 조직의 목표 달성으로 이어지게 하려면 강한 에너지가 전달되어야 한다. 이를 테면 기업 CEO의 경우 월례조회에서 전 직원을 대상으로 말을 한다면 자신의 말 한마디 한 마디가 직원들의 가슴에 긍정적이고 희망적인 언어로 전달되어 그들로 하여금 생각이 하나로 모아지게 하고 그 결과 공동의 목표를 추구하여 생산성향상으로 이어지도록 해야 한다. 따라서 CEO의 말은 직원들이 에너지를 느끼게 하는 힘이 있어야 하고 동시에 그 속에 신뢰와 열정이 묻어나야 한다.

듣는 사람이 에너지를 느끼게 하려면

● 말할 때 열정을 보여라

단상에 바른 자세로 서서 정면만 응시한 채 강연을 하는 사람과 객석에 앉은 이 사람 저 사람과 눈을 맞춰가면서 객석 앞으로 다가서기도 하고 또 제스처를 사용하기도 하는 사람은 분명한 차이가 있다. 전자에서는 찾아볼 수 없는 열정이 후자에게서는 아주 강하게 나타난다. 열정이 넘칠 때 곧 에너지는 생성되는 것이다.

● 도중에 멈추지 마라

말하는 도중에 휴식을 위해 잠시 멈추거나 또다른 상황 발생으로 불가피하게 말을 멈추게 되면 처음과 동일한 분위기를 다시 만들기가 어려워진다. 에너지를 느끼게 하려면 시종일관 거침없이 말이 이어져야 한다.

● 목소리에 힘을 실어라

목소리에 힘이 없으면 아무리 좋은 말도 공감을 얻지 못하고 에너지를 느낄 수 없게 된다. 단 둘이 나누는 대화가 아니라면, 소리에 제한적인 공간이 아니라면, 가능한 한 목소리는 크게 내는 것이 듣는 사람들의 집중력도 높힌다.

● 희망적인 언어를 사용하라

같은 말을 하더라도 희망을 내포한 언어, 용기를 심어주는 언어를 많이 사용할 때 그것은 곧 에너지로 승화한다.

표정은 친근하게, 말은 확신있게 해라

2006년 사망한 미국의 전 대통령인 제럴드 포드는 클린턴을 프랭클린 루스벨트 이래 가장 화술이 좋은 정치인으로 꼽으면서, "레이건도 말을 잘하지만 클린턴처럼 여러 이슈를 한꺼번에 처리하거나, 이곳저곳을 활동적으로 다니지 못했다."고 지적했다.

1992년 미국 대선 후보로 나설 당시 빌 클린턴은 완전한 무명인사였다. 그러나 12년에 걸친 아칸소 주지사 경력이 전부였던 클린턴은 선거에서 당시 대통령이던 조지 부시 공화당 후보를 꺾는 대이변을 연출했다. 버스를 타고 미국 전역을 도는 신선한 방식의 선거유세와 '바보야, 문제는 경제야 (It's the economy, stupid!)'라는 슬로건을 내세웠다. 결국 그는 대통령이 되는 이변을 낳았다.

그간 클린턴을 평가하는 사람들의 견해나 언론의 보도에는 공통점이 있었다. 잘생긴 외모만큼이나 뛰어난 화술이다. 클린턴이 서른둘의 이른 나이에 아칸소 주지사에 당선됐을 때 언론에서는 "사람들은 명석한 머리와 능란한 화술을 갖춘 동시에 이웃집 청년처럼 친근해 보이는 젊은 후보에게 매료되었다."고 했다. 대통령이 되었을 때 역시 "미국인의 심리를 정확하게 꿰뚫은 점, 그리고 젊고 잘생겼으며 저절로 마음을 쏠리게끔 하는 매력적인 연설솜씨 등이 승리의 원인"으로 평가 받았다.

클린턴의 화술은 특유의 친화력과 밝고 확신에 찬 언어, 그리고 유머감각으로 축약된다. 잘생긴 얼굴에 미소까지 머금은 친근한 표정을 지으며 청중을 응시하는데다 자신이 강조하고자하는 대목에서는 확신에 찬 언어와 톤으로 말했다. 그리고 연설 도중 유머도 적당히 섞어가며 분위기를 한결 부드럽게 만들곤 했다. 이 때문에 그는 인터뷰나 대중 연설에서 늘 상대방을 사로잡을 수 있었는데 대화 도중 음료를 마실 때조차 컵 바닥을 통해 상대를 응시해 여러 사람을 자기편으로 만들었으며, 볼펜과 메모지를 준비해 기록하는 태도도, 신뢰를 준 것도 그의 화술이 빛을 발하게 한 요인으로 거론된다.

클린턴의 이 같은 화술은 어떻게 만들어졌을까? 다름아닌 그의 친화력과 당당함에서 비롯된 것으로 알려진다. 클린턴은 학창시절부터 누구하고나 잘 어울리는 인성을 지녔다고 한다. 고교시절이나 예일대 재학시절 정치·경제 분야에서 소문난 가문의 자녀들과도 스스럼없이 잘 어울리면서 많은 친구들을 사귀고 리더 역할을 할 수 있었던 것은 그에게는 사람을 좋아하고 밝은 표정을 잃지 않는 친화력이 있었기 때문이라고 한다. 게다가 불우한 가정환경 출신자임에도 불구하고 이를 극복하고 자신감을 키워나갈 수 있었던 힘은 그의 강한 소신과 당당함에서 비롯되었다는 것이다. 학창시절부터 친화력과 당당함으로 똘똘 뭉친 인물이었으니 친근한 태도로 확신에 찬 화술을 구사할 수 있었던 것으로 풀이된다.

주변에 지인이 많은 사람들은 대체적으로 성격이 좋고 말을 잘 한다. 또 거짓이 없으며 신뢰가 강해 많은 사람들 앞에서 리더십을 발휘하기도 한다. 성격, 화술, 리더십 같은 요인들을 타고난 이들도 있겠지만 이 같은 요인들은 대체적으로 각자가 처한 환경이나 개인의 노력에 의해 만들어지는 것이다.

확신에 찬 화술의 달변가가 되려면

● 자기 자신에 대한 신뢰가 강해야 한다

자기 자신을 사랑하고 자신에 대한 의지가 강하며, 자신을 믿는 마음 또한 강하지 않으면 확신에 찬 말을 할 수가 없다. 자신이 하는 말에 대한 강한 신뢰가 묻어날 때 청중도 신뢰감을 갖는다.

● 거짓이 없어야 한다

거짓과 진실은 말투에서 느껴진다. 진실을 말하는 사람은 안정적이면서도 확신을 느끼게 하지만 거짓을 말하는 사람들은 다소 불안함 속에 흥분되고 과장된 표현을 하게 된다.

● 만인 앞에 당당함이 필요하다

정치인들은 당당한 목소리가 필수다. 힘없는 저음의 말투는 상대로 하여금 편안함은 갖게 하지만 확신이나 추진력은 느끼지 못하게 된다. 힘 있는 목소리와 정돈된 말투에서는 당당함이 묻어나므로 듣는이의 마음을 잡아당기기 마련이다.

칭찬을 하더라도 전략적으로 해라

조직에서 성공하는 사람과 성공하지 못하는 사람의 가장 큰 차이는 칭찬을 잘 하느냐 못 하느냐에 달려 있다. 미국 시인 랠프 에머슨의 "칭찬 듣기를 싫어하는 사람은 아무도 없다. 칭찬이란 자신의 비위를 다른 사람이 맞춰야 할 정도로 자기가 중요한 인물이라는 사실을 보여주기 때문이다."라는 칭찬효과론은 그 이유를 단적으로 대변해 준다.

에머슨이 언급한 대로 이 세상에 칭찬을 싫어하는 사람은 단 한 사람도 없다. 남녀노소, 직급의 고하를 불문하고 누군가로부터 칭찬 받고 싶어하는 인간의 욕구는 매한가지다. 오죽하면 '고래도 칭찬하면 춤춘다' 는 연구결과가 나왔고, 그로 인해 칭찬이 얼마나 소중한 것인지를 수많은 사람들이 외쳐대고 또 배우려 하겠는가?

일례로 현재 국내의 유명한 한 성악가는 중학교 1학년 때 음악점수가 59점이었다고 한다. 그러나 2학년 때 음악선생으로부터 "좋은 목소리를 지녔다."는 칭찬을 듣고 이에 용기를 얻어 성악에 몰두했고 결국 성악가이자 교수가 되었다고 한다. 또 어느 중소기업 사장의 운전기사는 어느날 사장이 비즈니스 미팅을 앞두고 갑자기 복통이 일어나 사장을 대신하여 비즈니스 상담을 했는데 솔직담백한 그의 회사 소개로 인해 큰 물량의 주문이 발생했다. 이에 사장은 "자네는 영업을 해도 성공하겠네."라는 칭찬을 아끼지 않았고, 이것이 계기가 되어 그 후에는 외국어를 익혀 외국 바이어 상담까지 하게 되었고, 지금은 영업전문가가 되어 유명 대기업의 해외영업 지사장으로 재직 중이다.

칭찬은 비타민보다 더 강력한 에너지를 생성시킨다. 특히 기업에서의 칭찬문화는 기업의 조직문화를 유연하게 만들어줌과 동시에 매출을 바꿔놓으면서 기업성장의 일등공신이 되기도 한다. 칭찬경영의 달인으로 불리는 세계적 물류회사 페덱스의 창업주 프레드릭 스미스 회장은 직원들을 만족시키고 창조성을 발휘하도록 하려면 무엇보다도 "칭찬과 격려를 많이 해야 한다."는 사람이다. 페덱스의 독특한 기업문화로 이 회사는 직원들이 좋은 아이디어를 내놓거나 높은 성과를 거뒀을 때는 화물 수송기에 본인이나 자녀의 이름을 새기도록 한다. 실제로 페덱스코리아 지사장의 아들 이름을 비행기 머리 부분에 적어 넣은 수송기가 하늘을 날고 있는 중이다.

가정, 학교, 기업 등 그 어디서든 칭찬은 단지 그 순간 받는이의 즐거움으로 끝나지 않는다. 칭찬의 힘은 막강한 에너지가 되어 다음 순간의 일에서도 좋은 성과를 내는 시너지 효과를 발휘하는 동시에 주변사람들에게 칭찬릴레이로 이어지게 만들기도 한다. 칭찬의 효과는 이것만이 아니다. 칭찬 받은 사람은 칭찬한 사람을 신뢰하고 좋아할 수밖에 없기 때문에 상호간의 인간관계를 더욱 가깝게 해주는 끈이 된다. 리더십이 저절로 형성되는 것이다.

단 한 가지 칭찬을 하더라도 시도 때도 없이 주책없이 하면 '아부와 아첨에 능한 사람' 으로만 비춰지므로 결국에는 역효과를 드러낸다는 것이다.

칭찬을 하더라도 이제부터는 전략적으로 하라. 그러면 그 효과를 얻고 자신의 길을 성공으로 이끄는 것은 한결 빠를 것이다.

이를 테면 부서원들이 함께 모인 회식자리에서 대리가 부장에게 "부장님은 바쁜데도 늘 회식에 참석해 주셔서 좋아요. 멋지세요." 라고 말하거나 옷 잘 입는 디자이너에게 "김대리는 늘 디자인 감각이 뛰어난 옷을 입어."라는 칭찬은 지극히 당연한 것이므로 칭찬하지 않아도 될 일이다. 오히려 자리를 같이 한 사람들에게 눈총만 받는다.

하지만 "부장님 지난번에 아드님 보고 너무 놀랐어요. 부장님을 닮아서 역시 미남이던데요."라거나 "김대리는 패션 감각도 남다르지만 외국인들과 미팅 시 매너 또한 너무 깔끔하던데. 정말 놀랐어."라고 말한다면 상대는 당연히 칭찬으로 즐거워지고 주변사람들도 '아 그런 면이 있었구나' 하면서 자연스럽게 다 같이 인정해주는 쪽으로 기울어진다.

그렇다면 여기서 한 단계 더 업그레이드 시켜보자. 전략적 칭찬의 달인들은 칭찬만 잘할 뿐만 아니라 '팔로어십(followership)'도 뛰어나다고 한다. 팔로어십은 리더의 비위를 맞추면서 '잘 따르는' 능력으로 쉽게 말하면 상사가 무엇을 필요로 하는지, 어떻게 하면 상사에게 도움이 되는지를 먼저 파악하고 챙기는 것이다.

어떤 성공한 대기업 임원은 신입사원 시절 매일 아침 한 시간 먼저 출근하여 신문을 읽은 후 자신들의 업무인 유통 관련 뉴스를 찾아 이를 복사한 후 부장의 책상에 올려 놓았다고 한다. 과장이 되어 해외무역부에서 일할 때는 외국 바이어들이 방문하다는 소리만 들으면 그때그때 이색적이면서 감동을 줄 만한 음식점을 미리 조사하여 관련 정보를 이사에게 준비해 주었단다. 누구인들 현명하면서도 충성스러운 이런 부하직원을 좋아하지 않겠는가. 그렇다면 전략적 칭찬의 달인은 단순히 칭찬을 뛰어넘어 상사를 먼저 감동시키는 것이다.

전략적 칭찬의 달인들은 자신은 열심히 칭찬을 행하면서도 주변사람들에게 '기회주의자'나 '아부꾼'이라는 말을 듣지 않는다고 한다. 그것은 자신은 열심히 칭찬과 아부를 하면서도 주변사람들에게는 절대 폐를 끼치지 않으며 특별히 모난 성격이나 행동을 드러내지 않기 때문이다.

가까이 있는 누군가가 상사의 마음을 미리 꿰뚫고, 알아서 재치 있게 응하고, 아랫사람에게는 늘 칭찬의 소리를 아끼지 않는다고 해서 '재수 없어', '난 저 인간처럼 아부 하고는 전혀 어울리지 않아' 라는 마음이나 적대적인 태도를 갖는다면 그것은 곧 자신의 능력 없음과 실패를 뜻하는 것이다. 더 늦기 전에 인지해야 할 문장이 있다.

'칭찬을 받고 싶으면 상대를 먼저 칭찬해 주어라. 칭찬은 반드시 자신에게 되돌아와 이익을 가져다 준다' 는 것. 이 이상의 명언은 없을 것이다.

전략적 칭찬은 이렇게 하라

● 있는 사실만으로 아부하라

허풍이나 지나친 과장으로 칭찬하면 위선적인 행동으로 보여 역효과만 나타난다.

● 칭찬의 기회를 포착하라

반드시 칭찬을 해줄 필요가 있을 때는 기회를 놓치지 말고 칭찬해라. 상대의 기분은 더 상승한다.

● 누구나 다 하는 칭찬은 하지 마라

남들도 다 아는 상대의 장점을 칭찬하면 상대는 식상해 한다. 새로운 칭찬거리를 발굴하여 차별화되게 칭찬하라.

● 윗사람에 대한 칭찬은 공손하고 정중하게 하라

윗사람을 칭찬할 때는 너무 큰소리나 오버 액션은 피하고 정중하게 하라.

● 아랫사람일수록 많이 칭찬하라

아랫사람들은 윗사람들의 칭찬을 먹고 자란다. 많이 하면 할수록 좋다.

경청+공감 커뮤니케이션이다

단상에 서서 자신의 생각과 논리를 마치 외운 듯 막힘없이 술술 풀어 놓는 사람, 처음 만난 사람인데도 불구하고 자신의 속사정을 거침없이 털어놓는 사람, 전문적인 지식까지 동원시켜가며 몇 십분 동안 이런저런 얘기를 이어가는 사람들을 본 적이 있을 것이다.

이런 사람들을 두고 사람들은 일단 '말 잘하는 사람' 이라고 하면서도 일방통행식 커뮤니케이션에 익숙한 교수 같은 사람, 굳이 하지 않아도 되는 말을 늘어놓는 주책없는 사람, 자기 잘난 맛에 사는 사람이란 식의 비아냥을 덧붙이게 된다. 말 잘하는 사람, 그는 화술의 달인이 아닌 것이다. 말은 잘할지 몰라도 상대방의 공감을 얻거나 서로 소통하는 쌍방향식 커뮤니케이션에서 실패한 셈이다.

말을 잘 하는 것 못지않게 중요한 것은 상대의 말을 잘 들어주는 것은 다름 아닌 '경청'이다. 경청을 잘하기 위해서는 8대 2의 법칙이 필요하다. 8마디를 듣고, 2마디 말을 하는 것이다. 한 가지 예로 가정에서 부모가 자녀들의 얘기를 충분히 들어줄수록 자녀들은 자기 주관이 뚜렷한 아이로 성장하고 부모와 한결 가깝고 편안한 관계를 형성한다. 직장도 마찬가지다. 일방적인 지시로만 일관하는 상사는 더 이상 환영받지 못한다. 개인이든 조직이든 문제가 발생하거나 난관에 봉착했을 때 일단 자세한 보고를 받은 후 결정을 고민하는 것이 순리다.

칭기즈칸은 경청 능력을 갖춘 대표적인 리더로 알려져 있다. '적게 말하고 많이 듣는다'는 원칙을 실천한 그는 부하직원이든 누구든 상대의 말을 듣지 않고서는 어떤 것도 결정하지 않았다고 한다. 칭기즈칸은 글씨를 쓸 줄도 몰랐던 리더였지만 자신의 경청 능력이 스스로를 가르쳤다고 말한 것으로 전해진다. 그는 다른 사람들의 말에 귀를 기울이면서 현명해지는 법을 배웠다는 것이다. 칭기즈칸은 뛰어난 화술로 부하를 다스리기보다는 부하들의 말에 경청을 하면서 그들의 생각을 충분히 반영하고 존중한 것이며 그 같은 자세가 그를 몽골제국을 건설한 탁월한 전략가이자 제왕으로 군림하게 한 것이다.

경청이 중요하다고 하니 혹자는 '열심히 들어주기만 하면 된다. 일단 충분히 들어준 후에 내 생각을 말하면 되겠지'라고 생각할 수도 있다. 대화에서 일방통행이란 없다. 경청을 잘하는 사람 역시 상대가 이야기하는 동안 "그랬었군요.", "맞아요. 저도 그런 적이 있죠."라는 식의 적당한 호응이 필요하다. 그렇지 않으면 상대는 "저 사람은 내 얘기를 진지하게 듣고는 있는 것인가.", "정말 관심이 있기나 한 것일까."라는 의문을 갖기 마련이다. 게다가 상대의 반응이 전혀 없으면 스스로 자신의 말에 흥미를 잃고 그만두게 될 것이다. 다시 말해 경청은 하되 공감커뮤니케이션이 동시에 이루어져야만이 경청의 달인이고 뛰어난 화술가로 거듭나게 된다는 얘기다.

전 세계인으로부터 인기와 사랑을 얻고 있는 미국의 방송인 '오프라 윈프리'가 바로 그 주인공이다. 그녀는 쇼를 진행하는 한 시간 동안 자신이 말하는 시간은 단 10분 정도이며, 나머지는 상대방의 말에 고개를 끄덕여주며 호응하고 상대방에게 눈을 맞추면서 관심을 이끈다. 그리고 중간 중간 질문을 던지는 식이다.

경청을 잘하는 것은 윗사람일수록, 리더들일수록 매우 중요하다. 문제는 8대 2의 대화법이 그리 쉽지 않다는 것이다. 사람은 나이가 많을수록 경험이 많을수록 아랫사람들에게 미경험자에게 할 말이 많아진다. 더욱이 부하나 자녀들이 하는 말은 이미 자신이 경험한 일들과 유사한 경우가 많기 때문에 그들의 말에 관심을 표시하면서 한참동안 들어주기란 또 다른 인내심이 필요한 셈이다. 하지만 상대가 할 다음 말까지 이미 잘 알면서도 상대로 하여금 자신이 하고자 하는 말을 충분히 털어놓게 한 다음 조언을 하거나 공감대를 형성시키는 사람이 상대로 하여금 스스로 내 사람이 되도록 하는 화술가인 셈이다.

사람의 마음을 사로잡는 말 한 마디가 중요한 것은 사실이다. 하지만 더 중요한 것은 먼저 경청을 한 후 자신의 생각과 의견은 나중에 밝히는 것이야말로 쌍방향 커뮤니케이션에서의 성공적인 화술이자 리더십을 발휘하는 기회다. 비즈니스와 연관되는 얘기이긴 하지만 중국 상인들을 보라. 그들은 흥정에 있어서 자신이 먼저 값을 말하는 법이 결코 없다. 상대가 먼저 원하는 가격을 제시하도록 유도한 후에 협상을 위한 자신의 가격을 제시한다.

불편한 얘기일수록 유머로 대처하라

상대가 들으면 그다지 좋아하지 않을 얘기인 것을 잘 알면서도 어쩔 수 없이 해야 하는 경우가 있다. 세상사란 늘 달콤한 얘기만 하며 살 수는 없기 때문이다. 그렇다면 꼭 해야 할 말을 상대에게 전하되 '이왕이면 다홍치마' 라는 말처럼 상대의 귀에 좀 더 불편하지 않게 아니 오히려 즐거움을 얹혀서 말할 수는 없을까?

어느 기업의 화장실에 적힌 이 글귀를 보면 웃음이 저절로 나온다.

"직원 여러분 왜 산에 호랑이가 없는 줄 아십니까? 호랑이가 담배 피우던 시절, 그 호랑이들은 담배를 너무 많이 피워서 결국 모두가 폐암에 걸려서 죽었다고 합니다."

금연을 권장하는 회사측의 센스있고 유머있는 캠페인 비법이 아닐 수 없다. 유머경영에 있어서 이보다 한 단계 선수인 기업도 있다.

듣는 사람은 귀가 따가울 정도로 너무 들어서 지겨운 얘기이다 보니 대놓고 말하기에는 불편한 얘기를 그야말로 유머스럽게 전달하여 한바탕 웃음을 터트리게 하는 유머경영의 대명사 같은 기업이다. 미국에서 사랑받는 대표적인 기업 중 하나인 사우스웨스트항공사다.

세계 어느 나라에서든지 비행기에 탑승하면 가장 먼저 듣는 게 안전수칙과 금연에 대한 내용이다. 하지만 이 항공사는 다르다. 비행기에 탑승하면 안전수칙이 랩송으로 흘러나온다. 그리고 금연에 대해서는 재미있는 기내방송을 한다.

"담배를 피우실 승객은 비행기 날개 위에 마련된 테라스를 이용해 주시기 바랍니다. 그곳에서는 지금 '바람과 함께 사라지다' 영화가 상영되고 있습니다."

이쯤 되면 담배를 피우고 싶어 미칠 것 같은 심정의 골초라 할지라도 금연을 전하는 이 메시지에 웃음이 저절로 나오면서 '피우고 싶지만 참아야지'라는 생각이 들지 않을 수 없을 것이다. 사우스웨스트항공은 저가항공사이지만 고객들에게는 저가항공사라는 이미지보다는 탑승 그 자체만으로도 즐거워지는 항공사로 통한다. 유머경영으로 성공한 셈이다. 그 중심에 창업자인 허버트 켈러의 '펀(fun) 경영'이 있다. 사원 채용 시에도 이 회사는 이력서를 중시하지 않는 대신 유머감각이 풍부하고 임기응변에 능한 사람을 선호한다. 항공사에서는 눈 깜짝할 사이에 벌어지는 일이 비일비재하며 무엇보다도 고객을 즐겁게 해주고자 하기 때문이다. 소위 '웃기는 경영자'로 불리는 켈러는 항공사 운영 초기부터 낮은 요금, 정확한 시간, 빠른 티켓팅, 짧은 운항과 함께 유머를 팔겠다는 것을 신념으로 삼고 실천해 온 인물이다. 갑자기 이색복장을 하고 나타나 직원들과 승객들을 즐겁게 해주는 이벤트도 자주 벌일 정도다. 이 때문에 사우스웨스트항공사는 창사 이래 30년 넘도록 흑자행진을 하고 있다.

최근 기업들은 유머러스한 인재를 선호한다. 한 조사에 따르면 기업의 77%가 유머감각이 뛰어난 인재를 선호하고 있으며, 유머가 업무 능력에 도움이 된다고 답변한 기업도 63%가 넘는 것으로 나타났다. 그런가하면 한 리서치기관에서 직장 내 인기 있는 남자직원들의 스타일에 대해 설문조사를 했는데 센스 있고 재치 있는 스타일이 응답률 53.4%로 가장 많았으며, 다음으로 풍부한 유머감각의 분위기 메이커 스타일이 46.2%로 두 번째를 차지했다.

유능한 직원을 찾고 매력있는 남성상을 찾는데 있어서 이처럼 유머감각을 지닌 사람이 1순위로 떠오르다 보니 기업을 이끄는 CEO들 사이에서도 유머경영 강좌가 인기를 끌고 있으며, 젊은 직원들과 눈높이를 맞추기 위해 TV의 개그프로그램을 빼놓지 않고 시청한다는 사장들도 적지 않다. 유머는 상대를 즐겁게 하고 웃게 만들며 그로 인해 만들어지는 밝은 분위기는 매끄러운 의사소통으로 이어지므로 기업을 이끄는 CEO는 물론이고 부하직원을 이끌어가는 간부나 임원진들도 조직 관리에서 유머를 발휘하려는 노력이

붐처럼 확산되고 있는 중이다.

투명경영, 정도경영에 앞장서는 고졸 출신의 어느 기업 CEO는 강연에 초대받을 때마다 가장 먼저 하는 말이 있다. 그는 뛰어난 유머 화술로 자신의 단점인 고졸학력을 아주 자연스럽게 정당화시키는 동시에 정도경영을 실천하는 리더라는 사실을 각인시킨다.

"저는 많이 못 배워서 지금 열심히 배우고 있습니다. 못 배워서 아쉬운 것도 있지만 좋은 것도 많아요. 많이 못 배워서 저는 사기질도 못 배우고, 도둑질도 못 배웠습니다. 그리고 또 있는데, 못 배워서 까먹었네요. 하하하."

자신의 단점을 잠재우고 장점은 업시키면서도 재치와 유머가 물씬 풍겨 나오게 하는 뛰어난 화술의 달인인 셈이다.

많이 읽고 쓰면 입은 저절로 열린다

국내외 유명 정치인 중 화술이 뛰어난 정치인들은 한둘이 아니다. 그중에서도 우리가 잘 기억하는 미국 역사상 최초의 흑인 출신 대통령인 버락 오바마 대통령과 국내 최초로 노벨평화상 주인공이 된 김대중 전 대통령은 공통점이 있다. 무엇보다도 두 사람은 화술이 매우 뛰어나다는 점과 독서광이라는 점이다.

대통령선거 운동 당시는 물론이고 취임 이후에도 간단 명료하면서도 대중에 호소력이 있고 공감대를 형성하는 연설로 인기를 끌어온 오바마는 독서광으로 소문이 나 있다. 그는 2008년 대통령 취임 후 맞은 첫 여름휴가에도 책에 파묻혀 보냈다. 당시 오바마가 챙긴 책은 『뜨겁고, 평평하고, 붐비는 세계(Hot, Flat and Crowded)』, 『렉서스와 올리브나무』 등 5권으로 총 2300쪽에 달한다. 일주일 휴가

동안 하루에 300쪽 이상 읽어야 하는 분량이었다. 특히 오바마는 대통령 이전 시절부터 그가 주장해 온 미국의 신성장 동력인 '녹색혁명' 과 관련된 책을 선택해 휴가 때 독서가 자신이 펴나갈 정책을 구사하는 연장선임을 드러냈다.

평생 책을 손에서 놓지 않은 독서광으로 유명했던 김대중 전 대통령은 다방면에 해박한 지식을 지녔던 인물로 알려진다. 대통령이 되어 청와대로 입성할 당시 대형트럭 두 대 분량의 책이 함께 실려 들어갔다는 말이 나올 정도로 소장 서적이 장장 3만여 권에 달하는 것으로 알려졌다. 특히 그는 밑줄을 그어가며 책을 정독하는 스타일이어서 서재에 빼곡한 책들 대부분에는 밑줄이 그어져 있었다고 한다. 독서만이 아니다. 김 전대통령은 책을 통해 얻어진 해박한 지식을 바탕으로 다수의 저서를 출간해 화제가 되기도 했다.

옛 시골에서 어른들이 흔히 하던 말 중 '뭘 알아야 면장을 해먹지' 라는 말이 있다. '면장' 은 시골에서 가장 대표적인 감투였으니 많은 사람들을 이끌어가는 리더가 되려면 해박한 지식을 갖추어야 하므로 공부를 해야 한다는 것을 강조하는 메시지였던 셈이다.

오바마 대통령과 김대중 전 대통령이 대통령이기 이전에 화술의 달인으로 인정받을 수 있었던 것은 바로 그들이 많은 책을 읽고 또 글쓰기를 즐겼기 때문에 여기서 이미 다채로운 화술에 필요한 밑천이 만들어진 것이 아닌가싶다.

최근 들어 기업인들에게도 독서와 글쓰기 열풍이 불고 있다. 독서를 통해 경영·경제 관련 지식을 얻어 경영에 활용하고자 하는 이유도 있고, 글쓰기 연습을 통해 정확한 논리 전달 및 프레젠테이션을 위한 문서작성 테크닉을 다지고자하는 이유도 있겠지만 넓게는 독서가 안겨주는 다양한 지식 쌓기와 글쓰기를 통한 사고와 논리 정립이 조직 구성원들과의 소통을 통한 리더십 발휘와 대외적인 활동에 큰 도움이 되기 때문이다.

지식이 없이 논리적인 사고없이 무작정 말만 많이 하는 것은 화술이 아니라 무모한 수다가 된다. 어느 자리에서든지 주눅 들지 않고 대화에 적극적으로 참여하고 자신의 생각과 의견을 상대가 쉽게 이해하고 공감할 수 있도록 전달하고 싶다면 이제부터는 독서에 빠지는 게 좋겠다. 또 굳이 전문적인 글쓰기 강좌를 듣거나 연습을 하지 않는다면 일기라도 꾸준히 성실하게 쓰는 습관을 길들인다면 좋은 결과가 나타날 것이다.

잘못을 지적할 때 감정없이 간단명료하게 하라

사르코지 프랑스 대통령은 상대를 한껏 띄우면서도 자신이 할 말은 반드시 하는 능란한 화술테크닉을 지닌 인물로 잘 알려져 있다. 2007년 11월 그가 미국을 방문했을 당시 미의회 상하원 합동연설에서 "친구 사이라도 소원해질 때가 있으나 미국과 프랑스의 우정과 동맹관계는 굳건하다."는 말로 2차 대전 이후 소원해졌던 미국과의 관계를 우호적인 관계로 돌렸다. 이 말로 그는 미 의원들로부터 기립박수를 받았다. 또 그는 "한 명의 미군 병사가 지구 어딘가에서 숨질 때마다 미군이 프랑스에 한 것을 상기하면, 가족을 잃은 것처럼 슬픔을 느낀다."고 1944년 6월 노르망디 상륙작전에서 숨진 20세 미국 청년의 당시 편지를 인용하면서 미국을 향한 우정을 과시했다. 당연히 미 의원들은 또다시 그에게 기립박수를 보냈다.

하지만 그는 시라크와 마찬가지로 근거가 희박하다는 이유에서 미국의 이라크 침공에 반대했던 소신을 여전히 굽히지 않았으며, 미국의 기업가 정신은 높이 평가하되 투기자본주의의 횡포는 지적하기도 했다.

우리 속담 중 '얼르고 빰친다' 는 말이 있다. 상대를 혼내기와 추켜세우기를 병행하면서 자기 실속은 다 차리는 경우다. 이런 사람들을 두고 "여우 같다"고 말하는 사람도 있지만 긍정적인 입장에서 '달변가' 라는 말을 하기도 한다.

우리 속담에 '입은 비뚤어져도 할 말은 한다' 는 말이 있다. 잘못된 것을 지적하는 것은 정의로운 것이다. 그러나 타인에게 자신의 단점이나 잘못을 지적받는 것을 좋아할 사람은 아무도 없다. 때문에 잘못을 지적할 때는 상대의 자존심에 상처를 주지 않는 방법을 택해야 한다. 대다수의 사람들은 누군가에게 잘못을 지적당하면 그 순간 "아, 정말 내가 잘못했다."라며 반성을 하는 이들은 많지 않다. 오히려 그 반대일 확률이 높다. "내가 보기에는 이건 내가 지적당할 일이 아닌데."라는 입장일 수 있으며, 설령 겉으로 표현하지 않더라도 내적으로는 반격하고자 하는 전투태세로 돌입하게 될 수도 있다.

예를 들어 상대의 잘못을 지적할 때 "네가 틀린 이유를 말해 주지."라는 말을 상대가 받아들일 때는 "내가 당신보다 똑똑한 사람이니 내가 한 수 가르쳐주지."라는 말처럼 들린다. 이건 설득이 아니라 싸움을 거는 것이나 다름없다.

상대의 입장을 고려한다면 나름대로 신중을 기해야 하며 반드시 필요하다 싶을 때는 감정을 싣지 말고 냉정하게 하되 가능한 한 간단 명료하게 끝내는 것이 바람직하다. 또 나중에 잘못을 지적해 줘도 되는 상황이거나 여러 사람이 모인 자리여서 상대가 여러모로 불편해지는 상황이라면 단 둘이 있을 때 조심스럽게 말하는 것이 상호 인간관계를 그르치지 않는 테크닉이다.

직원들에게 '아버지'라고 불릴 만큼 존경받는 한 중소기업 사장은 직원들이 일에서 실수를 하게 되면 "또 문제를 일으켰냐."라거나 "지난번에 알려줬잖아."가 아니라 "나도 예전에는 한 번 한 실수를 다시 반복하게 되더라. 좀 더 지나면 익숙해질 거야." 또는 "괜찮아. 실수하면서 배우는 거야. 다시 알려줄게."라고 한단다. 직원 입장에서는 이런 사람을 존경하지 않을 수가 없을 것이다.

화술에 적용  하면 좋은 명언

당장 편하자고 남의 손을 빌리면 성공의 기쁨도 영영 남의 것이 된다 (앤드류 매튜스)
남의 도움을 받아 성공하는 것은 진정한 성공도 아니거니와 늘 남의 도움을 받는 것이 습관화되면 결국에는 성공을 해도 기쁨의 참 맛을 만끽하지 못한다. 성공은 자신의 온갖 역경과 고난을 이겨내고 이루었을 때 그 희열과 만족감도 커진다.

'로마에 가면 로마 사람들이 하는 대로 하라'는 것처럼 성공의 가장 확실한 법칙은 없다 (버나드 쇼)
성공을 위한 특별한 매뉴얼은 없다. 자신이 처한 현실을 부정하지 말고 적응하며 열심히 살아가는 것이다. 아무리 좋은 환경일지라도 자신이 적응하지 못하면 결국 자신에게 남는 것은 실패다.

성공이 끝은 아니다 (윈스턴 처칠)
누군가 지금 자기 분야에서 독보적인 존재가 되었다고 해서 그 사람의 성공이 영원한 것은 아니다. 성공 다음에는 더 큰 성공을 향해 나아가야 한다. 욕심을 위해서가 아니라 보다 발전적인 삶을 위해서이며 자만에 빠지지 않기 위해서다. 한 번의 성공으로 남은 모든 인생까지 영위하겠다는 생각은 어리석은 것이다.

성공은 수고의 대가라는 것을 기억하라 (소포클레스)
성공은 저절로 이루어지는 것이 아니다. 그만큼의 노력과 고생의 대가다. 성공하기 위해서는 많은 수고를 감당하겠다는 자신과의 약속이 필요하다.

성공은 수만 번의 실패를 감싸준다 (조지 버나드 쇼)

실패 없이 성공하는 사람은 없다. 획기적인 발명을 하는 사람들은 수백 번 수천 번의 실패를 거듭한 끝에 발명에 성공한다. 하지만 그 성공이 있기에 수많은 실수와 실패도 인정되고 아름다운 과정이 되는 것이다. 실패를 두려워한다면 성공은 아예 꿈꾸지 말아야 한다.

인생은 흐느낌과 울음과 미소로 성립된다. 그 중에서 가장 많은 것이 울음이다 (O. 헨리)

산다는 것은 희노애락(喜怒哀樂)의 연속이다. 그 누구도 늘 웃고만 살수는 없는 일이다. 오히려 인생은 언젠가는 반드시 마감해야 되기 때문에 곧 슬픔이나 다름없다.

결혼을 신성하게 할 수 있는 것은 오직 사랑이며, 진정한 결혼은 사랑으로 신성해진 결혼뿐이다 (톨스토이)

결혼은 반드시 사랑이 전제가 되어야 하며 사랑이 있기에 신성하고 아름답게 비춰지는 것이다. 사랑이 아닌 명예나 물질 또는 욕망에 사로잡힌 결혼은 신성한 것과는 이미 멀어진 것이며 그 결혼이란 오래가지 못할 것이다.

사랑한다는 것은 관심(interest)을 갖는 것이며, 존중(respect)하는 것이다. 사랑한다는 것은 책임감(responsibility)을 느끼는 것이며, 이해하는 것이고, 사랑한다는 것은 주는 것(give)이다 (에리히 프롬)

누군가를 진정으로 사랑하게 되면 상대의 모든 것이 궁금해지고 상대의 편에서 생각하게 된다. 이것은 곧 관심이고 사랑이며, 상대에 대한 존중으로 이어진다. 사랑하는 사람인 만큼 무엇이든 주고 싶고 줘도 아깝지가 않다. 또 상대를 사랑하는 사람으로서 일종의 책임감도 생기게 된다. 이런 모든 것이 사랑이기에 가능한 것이다.

사느냐 죽느냐 그것이 문제로다 (셰익스피어)

셰익스피어 4대 비극 중 하나인 '햄릿' 에 나오는 이 말은 진퇴양난의 상황에서 이러지도 저러지도 못할 때 주로 사용한다. 살다보면 현실에 부딪힌 문제를 어떻게 풀어나가야 할지 답답할 때가 있다. 그렇다고 아무런 행동도 취하지 않고 수수방관하면 결국에는 자신만 손해다. 어떤 방법이든 최선책을 찾아 노력하는 수밖에 없다.

자연의 극치는 사랑이다. 사랑에 의해서만 사람은 자연에 접근할 수 있다 (괴테)

사랑이란 의도적으로 억지로 생겨나고 이루어지는 것이 아니다. 한없이 순수한 마음, 즉 자연과 같은 전혀 계산되거나 인위적이 아닌 있는 그대로의 순수함에서 생겨나는 것이 사랑인 것이다.

인생이란, 길거나 짧거나, 영원에 비교하면 '무(無)' 와 같다 (괴테)

일찍 죽든 오래 살든 인생이란 한계가 있기에 짧다는 얘기다. 그렇다면 자신에게 주어진 삶의 시간을 단 한순간도 헛되이 보내지 않는 것이 가치있는 삶을 살아가는 것이다.

사람의 일생은 돈과 시간을 쓰는 방법에 의하여 결정된다. 이 두 가지 사용법을 잘 못하여서는 결코 성공할 수 없다 (다케우치 히토시)

돈과 시간은 태어나서 죽을 때까지 그 사람의 삶을 이끌어가고 성공을 좌우하는 중요한 역할을 한다. 열심히 벌어서 의미있게 돈을 쓸 줄 알아야 하며 주어진 시간을 잘 관리하여 헛된 시간낭비를 하지 말아야 한다. 따라서 시간과 돈을 잘 사용하고 활용하는 사람이 성공한다.

제4장_

귀기울여 들은 만큼 설득할 수 있다

대화의 80%는 남의 말에 귀기울이는 것이고,
나머지 20%가 자신의 의견을 얘기하는 것이다.
섣부른 판단과 자만심에 빠져 상대방의 말을 끝까지 듣지 않고
자기 이야기에만 빠져든다면 상대방은 말을 멈추게 되고
결국 진정한 대화는 이루어지기 어렵다.

설득하기 전 반 걸음 물러나라

이미 생각이 다르다. 자신만이 갖고 있는 생각이 있기 때문에 그 생각을 바꿔놓기란 여간 어렵지가 않다. 때문에 누군가를 설득시키는 일만큼 힘든 일도 없다는 것에 사람들은 공감한다.

직장생활만 하다가 경험도 없는 분야의 사업을 시작하면 망하는 것은 불을 보듯 뻔한 일이기에 아내는 남편이 생각을 바꾸도록 극구 말리며 설득시킨다. 그런데도 불구하고 남편은 기어코 일을 벌린다. 친구가 아내와 이혼을 하겠다고 할 때 절친한 친구인 만큼 다시 생각해 보고 판단하라고 조언을 하고, 이혼은 곧 자녀들에게도 무거운 짐을 지게 하는 일이라며 상대를 설득시킨다. 하지만 기어코 이혼을 하고 만다.

자식은 어떠한가. 연예인이 되겠다는 10대 딸을 둔 엄마는 연예인의 길이 쉽지 않은 길이고 뒷바라지할 자신이 없는 만큼 포기하라고 말한다. 하지만 자신이 낳은 자식인데도 좀처럼 설득시키는 것이 어렵다.

배우자, 자식, 친한 친구마저도 설득을 시킨다는 것은 이토록 어려운 일인데 하물며 사회활동에서 대인관계로 만난 사람을 설득시키는 것은 때로는 모험이 될 수도 있다.

하지만 사람들 중에는 상대를 잘 설득시켜 자신의 사람으로 끌어들이거나 상대가 가서는 안 되는 길을 차단시키고 좋은 길로 가도록 유도하기도 한다. 설득에 강한 사람, 그는 인물 좋고 똑똑하고 자신감에 넘치며 많이 배운 사람일까? 결코 그렇지 않다. 설득의 힘이 강한 사람은 화술이 뛰어난 사람이다. 설득을 시키는 도구는 말이며, 이는 어떻게 전개하느냐에 따라서 그 결과가 좌우된다.

상대를 잘 설득시키는 사람은 어떤 사람일까? 달콤한 언어로 유혹하는 사람, 강한 카리스마를 휘두르는 사람, 물질적인 조건을 내세우는 사람, 사뭇 진지한 사람. 이런 사람들은 결코 아니다. 정답은 다름 아닌 자신을 낮추고 가슴속의 진실을 전하는 사람이다.

흔한 예로 생활설계사가 평소 같은 모임에서 활동을 하는 사람에게 보험계약을 권유할 경우라고 치자.

"요즘 같은 세상에 이런 보험 하나 가입하지 않은 사람이 어디 있습니까. 반드시 필요하죠. 쉬운 말로 고기 한 번만 덜 먹어도 얼마든지 가능한데 김선생님처럼 직장생활 하면서 경제력이 있는 분이라면 이 정도의 보험료는 부담되는 금액이 아니잖아요. …… 나는 사실 보험 일 시작하기 5년 전에 이미 가입했었다니까요. 저 이번 달에 두 건 밖에 못했어요. 좀 도와주세요.”

한 마디로 이 정도의 화술로는 상대를 설득시키기 어렵다.

“김선생님은 누가 봐도 젊어 보이고 건강해 보이니까 평소 이런 보험에 대해 크게 관심을 갖지 않을 수 있습니다. 또 요즘 주변 지인 중에 보험설계사 한두 명 없는 분들도 없으니 한두 번쯤은 권유도 받으셨을 겁니다. 제가 이 일을 하면서도 상품을 소개할 때 늘 고민이 되는 게 과연 상대에게 이 상품이 얼마나 절실한 것인가입니다. 사실 5년 전에 제가 자궁근종 수술을 받은 적이 있습니다. 특별히 아픈데도 없었고 그때 상황이 1년에 한두 번 정기검진 받을 만큼 경제적인 여유나 시간적 여유도 없었거든요. 그런데 갑자기 아랫 배 쪽에 뭔가 잡히는 것 같더니 통증이 조금씩 오더라고요. 그래서 병원에 갔더니 빨리 수술해야 한다고 하더라고요. 사실 그 수술받기 6개월 전에 여고동창이 보험 가입하라고 권유했는데 안했거든요. 갑자기 수술비 2백만 원 지출하느라 적금까지 깨야 했어요. 평소에는 보험이란 게 그런 거 같아요. 물론 아프거나 사고를 당하는 일 없어야 하지요. 그 누구도 예측하지 못한 일들이 벌어지잖아요. 제가 자세한 내용이 들어 있는 팸플릿을 드릴 테니 시간 나실 때 읽어보시고 필요하시면 다음 모임 때 말씀해 주세요.”

자신의 생각만 하고 조금도 양보하려 하지 않는다면 어느 누구도 설득할 수 없다. 먼저 상대의 자존심을 살려야 쉽게 설득할 수 있다. 자신을 낮추고 본심과 자신의 약점을 먼저 드러내 그것을 인정하고 솔직히 대화한다면 설득은 그리 어렵지 않을 것이다. 설득하기 전에 반걸음 물러날 줄도 아는 지혜가 필요하다.

'No'가 아닌 'The other'를 제시하라

아침부터 회의실은 분위기가 그야말로 썰렁하고 긴장감이 돈다. 부사장한테 욕을 얻어먹은 부장의 얼굴은 금방이라도 폭탄을 터트릴 것만 같이 벌겋게 달아올라 있다.

"신차장, 먼저 말해."

"네, K마트는 최근 1년간 매출 추이와 담당 바이어의 태도를 볼 때 희망이 없습니다. 차라리 다른 마트를 알아보아야 할 것 같습니다."

"최과장은?"

"저도 신차장님과 같은 생각입니다. 담당 바이어가 경쟁사 영업팀과 너무 가까워서 매대 진열을 온통 T사걸로만 채우려고 하더라고요."

오대리, 최대리 역시 똑같은 말을 했다. 황부장의 입에서는 당장

욕이라도 터져 나올 것 같은 분위기다. 마지막으로 이과장이 말했다.

"K마트에서 햄 매출이 최근 1년간 계속해서 떨어진 것은 사실입니다. 하지만 가격대가 낮은 소시지 매출은 크게 변동이 없습니다. 제 생각으로는 소시지 부문 마케팅을 더욱 강화시켜 경쟁사와 매출 격차를 벌이고 햄 분야는 더 이상 떨어지지 않도록 담당 바이어를 만나서 지속적으로 협조를 구하는 게 좋을 듯합니다. 저희 햄이 빠질 경우 K마트 입장에서는 오히려 소비자들에게 욕을 얻어먹을지도 모릅니다. 제품 구성이 다양하지 않다는 말이 나오기 마련이거든요."

"다들 이 과장 얘기 들었어? 왜 무조건 No야. 노력해 보지도 않고. 안 되면 다른 방법을 먼저 연구해 보던지? 이 따위로 해서 어떻게 하겠다는 거야."

직장에서 상사로부터 이 같은 업무지시를 받았을 경우 융통성이 없고 미적지근한 성격의 사람은 '할 수 있다'도 '할 수 없다'도 아닌 '글쎄요'라는 식의 애매한 대답을 한다. 또 개성미만 톡톡 튀고 단순하면서 직선적인 사람들은 그야말로 심플하게 답한다. 이를 테면 "어려운데요.", "힘들다고 생각합니다.", "우리 회사로서는 무리입니다."라고 말한다. 돌파구를 찾지 못해 안달인 윗사람으로서는 이런 부하직원들에게 더 이상의 기대를 걸지 못한다. 앞뒤 가리지 않고 무조건 '예스'를 남발하는 것도 문제지만 큰 고민이나 생각없이 'No'라고 말하는 것은 달아오른 솥단지에 기름을 쏟아붓는 것이나 다름없는 일이다.

절박한 상황에 처해 있는 사람들일수록 한 마디로 'Yes' 를 간절히 원하지만 이는 쉽게 들을 수는 없다. 하지만 'No' 라는 대답은 듣는 순간 더욱 더 깊은 벼랑 아래로 떨어지는 기분을 가질 수밖에 없다. 하지만 생각이 깊어 상대의 심정을 헤아리고 관계를 썰렁하지 않게 하려고 노력하는 사람들은 다르게 말한다. 이를 테면 절박한 상황에서 돈을 구하러 찾아온 친구라고 치자. 이럴 경우에는 "그렇게 큰 돈은 쉬운 일이 아니지만 나도 방법을 찾아볼게. 조금만 기다려 봐. 지금 당장은 어렵지만 내가 좀 알아본 후에 얼마를 마련하든 연락을 줄게. 너무 절망하지 마라." 고 말할 것이다.

자신의 감정에 솔직하여 그대로 표현하는 것이 아주 잘못된 일은 아니다. 하지만 때에 따라서는 너무 솔직한 답변이 상대방을 좌절하게 하며 인간관계의 단절을 가져오기도 한다. 사회생활 중 발생하는 어떤 상황에서의 판단은 시험 문제에서처럼 오직 '예', '아니오' 만 있는 것은 아니다. 때로는 직선으로 가면 갈 수 없는 길도 돌아서 가면 도달할 수가 있는 법이다.

직장 내에서 상사들은 머리 좋은 부하를 선호하지만 자기 중심적이고 자기 책임 한계 내에서만 일하려는 직원들에게는 관계의 한계를 느낀다. 두뇌가 아주 뛰어나진 않을지라도 팀웍을 중시하고 자신의 짊어지고 갈 책임이 아닌데도 그 무게를 함께 나누려고 노력하는 부하에게 더욱 정이 가고 신뢰하게 되며 때로는 정신적인 의지도 하게 된다. 특히 현실적으로 쉽지 않은 일이지만 풀어나가야 할 과제가 생겨서 이를 부하들과 의논하고 고민할 때 부하직원이 대뜸 'No' 라고 대답하기보다는 'The other' 를 추구하는 입장을 취해 주길 원한다. 설령 좋은 결과가 나오지 않더라도 일단 함께 고민하고 노력해 보려는 의지를 보여주는 부하는 언제나 늘 같이 일하고 싶어 한다. 가정에서는 부부가 서로에게 최고의 내조자가 되듯이 상사가 된 후에야 이 같은 사실을 깨닫는다면 직장 내에서의 성공은 이미 한계점에 도달해 있을 일이다.

지키지도 못할 약속, 남발하지 마라

충남 천안에 있는 S종합식품은 연간 매출 규모 200억 원대를 올리는 탄탄한 중소기업으로 직원 수가 90여 명에 달한다. 이 회사는 지난 2004년 서울에서 천안으로 신공장을 마련하여 이주해 온 케이스다. 대다수의 남자 간부직원들은 이사를 하거나 승용차 출퇴근 형태를 택했다. 하지만 생산직은 대부분 주부 사원들이었던 관계로 퇴사를 했고 현지 주민들을 채용했다. 문제는 생산직 주부사원들 중에도 경력이 10년이 넘은 직원 두 명은 신공장에서 반드시 필요한 핵심 직원들이었다. 이미 나이 50이 다 된 주부들이 남편과 자식들을 떼어놓고 지방공장으로 내려간다는 것은 쉽지 않은 일이었다. 오죽하면 남편들이 "나랑 살래? 회사를 선택할래?"라고 화를 낼 정도였단다. 하지만 두 여성 직원은 남편들을 설득시킨 끝에 주말부부 생활을 감내하면서 천안의 공장 내에 있는 기숙사에서 생활한다. 이제 50대 중반을 넘었지만 이들 두 여성은 지금도 생산라인의 팀장으로서 자리를 지키고 있다.

여자 나이 50대 중반이면 자녀들도 다 커서 출가할 즈음이 되었으니 보통의 가정 주부라면 지방의 중소기업 생산현장에 가서 돈을 벌지 않아도 먹고 사는 데는 지장이 없을 일이다. 이들 여성들의 가정 또한 굳이 그녀들이 돈을 벌지 않아도 어려움이 없다. 그렇다면 무엇이 이 두 여성을 지방의 생산 공장으로 데려간 것일까?

둘 다 이유는 똑같다. 사장의 나이가 자신들보다 열 살은 어리지만 15년 정도를 같이 일했는데 자신이 한 말에 대해서는 철저하게 약속을 지킨다는 것이다. 또 대기업 수준의 연봉은 아니지만 경영자를 100% 믿고 일할 수 있고 정년이 넘어도 일하고 싶을 때까지 배려해 주기 때문이란다.

개인회사나 중소기업은 대기업에 비해 연봉, 복리후생, 근무조건 등 무엇 하나 월등한 것이 없다. 직원들을 붙잡아둘 수 있는 것은 오직 한 가지 회사의 비전이다. 이것은 CEO의 신뢰에서 싹이 튼다. 아무리 거창한 비전이 있다 하더라도 CEO가 직원들로부터 신뢰를 얻지 못하면 이루어질 수도 없어 이루어진다한들 직원들의 이직이 심해 장수기업으로 성장하지 못한다.

중소기업에서는 CEO가 직원들에게 직접 비전을 제시한다. 전 직원이 모인 자리에서 "올해 우리 회사의 매출 목표는 100억 원이고, 80% 이상 달성시에는 1인당 200만 원의 인센티브를 지급할 것이며, 100% 달성시에는 추가로 3박4일의 해외휴가를 보내줄 것입니다. 또 2년 후에는 150억 원 이상의 매출을 예상하고 있고, 그때부터는 대학에 다니는 자녀들의 학자금까지 회사에서 지급할 예정이며, 10년 이상 장기근속자들에게는 매년 7일간의 보너스 휴가를 실시할 것입니다."라는 식의 비전 선포와 약속을 하게 된다. 하지만 이 같은 약속을 지키지 못할 경우 직원들은 저마다 가졌던 꿈과 비전이 아무 소용없음을 깨닫게 되고 더 안정된 직장을 찾아 떠날 수밖에 없다.

말로 하는 것은 누구나 할 수 있으며 돈 들어가지 않는 일이다. 그러니 마음 먹기에 따라 사장들은 얼마든지 직원들에게 달콤하고 무지개 같은 상상을 할 수 있는 좋은 말, 희망의 메시지를 줄 수 있다. 중요한 것은 그 약속을 실천하느냐 못하느냐에 달려 있는 것이다. 약속이 지켜지면 사용자와 고용자간의 신뢰는 더욱 두터워지지만 약속이 이루어지지 않을 경우 고용 인력들은 자신들이 사장의 감언이설(甘言利說)에 놀아났다는 절망감과 불신의 늪으로 빠져들게 된다.

직장이라는 조직에서도 마찬가지다. 자신이 여러 명의 부하를 둔 간부라면 자신이 한 말에 대해 책임을 져야 한다. 직원들의 용기를 북돋우고 팀의 분위기를 위해서 하는 말마저도 실현불가능한 말은 함부로 하지 말아야 한다. 특히 남자들의 경우 회식자리에서 기분이 좋아지다 보면 술김에 책임지지 못하는 말을 하는 경우가 종종 있다. 진급, 상여금, 휴가 등 민감한 부문에 대해서는 경영진의 허락을 사전에 받아놓은 상황이 아니라면 절대 어떤 말도 하지 말아야 한다. 다만 직원들의 제의나 건의가 있다면 귀담아듣거나 메모해두었다가 윗사람에게 알리고, 그 결과에 대해 직원들에게 반드시 알려주는 섬세함과 자상함이 필요하다. 가정에서도 마찬가지다. 술에 취한 아빠가 딸의 소원을 들어주겠노라고 해놓고 술 깬 후 기억을 못하면 딸의 실망은 이만 저만이 아니다.

어떤 위치에 있든 어떤 상황이든 말을 잘 하는 것은 두말 할 나위 없이 중요하다. 하지만 자신이 한 말에 대해 책임을 지는 일, 약속을 철저히 이행하는 일은 그 이상으로 소중하고 반드시 필요하다. 우리는 자신이 한 말에 대해 철저하게 책임을 지는 사람들에게서 매력을 느낀다. 사장이든 친구든 배우자든 자신이 한 말에 대해서 책임을 다하는 사람에게 신뢰 그 이상의 호감을 갖게 되며, 상대를 위해서라면 무엇이든 할 수 있다는 확신도 갖게 된다.

'I can not' 은 피하고 'I can do' 만 외쳐라

굳이 조엘 오스틴의 '긍정의 힘'을 읽지 않더라도 우리가 사는 동안 '긍정'이라는 언어가 얼마나 중요한지를 많은 사람들이 공감하고 있다. 인간은 타인에 의해서든 자신 스스로이든 심리적인 영향에 매우 민감하게 반응한다. 성공한 수많은 사람들이 긍정적인 마인드를 갖고 적극적인 자세로 살아가라고 충고하는 것도 다 이 때문이다.

긍정과 부정은 글자 한 자의 차이인 것처럼 순간적인 생각이 인간의 사고와 행동을 긍정과 부정 둘 중의 하나로 갈라놓곤 한다. '실리콘밸리의 신화'라 불리는 김태연 회장은 긍정의 언어를 외치면서 자신감을 전파시키는 긍정 전도사 중 한 사람이다. 좌절과 난관에 부딪칠 때마다 "Can Do"를 외치며 극복해 결국 성공을 이룬 그녀는 방송 출연, 인터뷰, 강연회 등을 통해 우리 국민들에게 "Can Do"의 자신감을 심어주곤 한다. 김태연 회장의 "Can Do"는 한 마디로 자신의 긍정적인 생각을 언어로 표출시키면서 스스로를 긍정의 최면술에 빠뜨리는 전략이다. 머리 속으로만 긍정적인 사고를 지니는 것으로는 긍정의 바다에 빠져들 수가 없다. 말로 수없이 외쳐가며 행동으로 옮길 때 자신감이 커지면서 성공의 에너지가 생성되는 셈이다.

회사라는 조직에서 긍정의 표현과 부정의 표현은 가장 먼저 말에서 드러나며 그것이 미치는 영향력은 매우 크다. 말 한 마디가 조직의 힘을 강하게 만들기도 하고, 반대로 조직력을 저하시키는 원인이 되기도 한다. 또 직장인 개개인에게는 자신이 던진 긍정의 말 한 마디가 스스로의 가치를 상승시키기도 하고 반대로 추락시키는 이유가 되기도 한다.

어떤 난관에 부딪혔을 때 상사가 부하에게 "우린 할 수 있어."라거나 "자네 능력이면 충분히 할 수 있어."라고 강한 긍정으로 말하면 부하는 상사의 말로 인해 자신감을 갖게 되고 보다 적극적으로 문제 해결을 위해 달려든다. 또 상사가 어떤 문제를 극복하지 못하고 상사가 실의에 젖어 있을 때 부하가 "부장님, 우리 힘을 합치면 충분히 해낼 수 있습니다."라고 말하면 상사 역시 자신감을 되찾고 할 수 있다는 희망을 찾게 된다. 하지만 상사가 부하에게 "김대리 걱정이다. 이번 주말까지 매출 2억 원 올려야 하는데 오늘 같은 실적이면 힘들잖아."라고 말했을 때 김대리의 입에서는 "저도 자신 없습니다."라는 말이 맴돌게 된다. 이처럼 'can not'과 'can do'의 차이는 매우 크다. 많은 직장 내에서 구성원들이 회의를 마치고 성공을 다짐할 때 다 함께 목청 높혀 'can do'를 외치는 것도 바로 김태연 회장의 긍정의 최면술과 같은 좋은 결과를 위해서이다.

긍정의 화술은 긍정의 바이러스를, 부정의 화술은 부정의 바이러스를 유포시킨다. 직장인이라면 누구나 한 번쯤은 경험하는 일이 있다. 한 동료사원이 퇴근 후 술자리에서 "우리 회사는 정말이지 이러다가 망할 것 같아. 계속 매출이 떨어지잖아. 그래서 사실 나는 다른 직장 찾아보고 있어."라고 한다면 곁에 있던 동료는 그때까지만 해도 이직을 생각해 본 적이 없었음에도 불구하고 불안한 생각을 갖게 된다. 이 때문에 중소기업일수록 직원들이 퇴근 후 함께 몰려다니며 술자리를 갖는 것에 대해 부정적인 시각으로 보는 사장들이 적지 않다. 대기업에 비해 근무 여건이 열악한 중소기업의 경우 직원들의 이직률이 높을 수밖에 없는 상황인데다 회사에 대한 직원 한 사람의 부정적인 사고와 대화가 다른 구성원들에게 미치는 파급 효과가 매우 크기 때문이다.

조직생활에서 성공을 꿈꾸는 사람이라면 'I can not'은 피하고, 오직 'I can do'만 외쳐야 한다. 무엇보다도 'I can do'라고 말하는 직원에게서는 자신감이 우러나오며 그 자신감은 자신이 갖고 있는 능력외의 잠재력까지 끌어내게 되며, 더 나아가서는 조직 내의 분위기를 긍정의 분위기로 바꾸어놓기 때문이다. 때문에 기업들이 직원 채용시 서류전형이나 면접에서 공통점으로 체크하는 것이 있다. '지원자가 긍정적인 사고를 지닌 인재인가?' 이다. 이유는 간단하다. CEO의 입장에서 생각해 보라. 회사가 원하는 인재는 당연히 'I can do' 라는 마인드를 가진 인재다. 그리고 자신있게 'I can do' 라고 말할 수 있는 인재다.

객관적인 관점 2%는 남겨라

"그래 네 말이 무조건 맞아. 나도 그렇게 생각하거든. 윗사람의 결정이라고 다 정확한 것은 아니잖아."

직장 내에서 친한 동료가 상사와의 갈등을 거론하며 상사의 결정이 잘못되었다고 생각하는 만큼 자신의 생각대로 일을 처리하겠다고 한다. 그러자 A는 이렇게 말했다. 하지만 B는 다르다.

"네 생각이 맞을지도 모른다. 하지만 사장 입장에서 보면 또 다를 수도 있을 거야. 만의 하나 실수라도 생길 수 있으니 최종 판단은 다시 한 번 심사숙고한 후에 내리는 게 좋을 것 같다."

이 같은 일들은 설령 회사가 아닐지라도 사적인 모임이나 사회 조직생활에서 수시로 발생한다. 하지만 사람마다 생각은 다르기 때문에 대응방법도 달라진다. 당사자가 아닌 이상 어떻게 해야 된다고 단정지어 말할 수는 없다. 하지만 친한 관계일수록 감성이나 주관에 치우치는 경우가 많다. 너무 친한 사람이다 보니 상대의 편에서 무의식적으로 상대의 손을 들어주는 것이다. 또 상대와의 친분관계를 생각한 나머지 자신의 생각은 다르면서도 상대의 생각이나 판단이 옳다는 입장을 취해 주게 된다. 하지만 신중을 기해야 한다. 상대의 기분을 부추긴 말 한 마디가 자칫하면 상대에게 오히려 낭패스러운 결과를 초래하는 한 원인이 될 수도 있기 때문이다.

우리는 대화 시 매우 주관적이고 직선적일 때가 많다. 누구든지 자신의 입장에서 생각한다면 100% 자신의 생각과 판단이 옳을 수밖에 없는 것이다. 하지만 아무리 유능하고 해박한 지식을 지닌 사람이라 할지라도 주관적인 사고에만 빠지다보면 공정성에 따른 균형을 잃게 된다. 가족처럼 아주 가까운 사람들이나 친한 지인들 역시 그에 동조하기 십상이다. 그러나 제3자의 입장에서 볼 때는 분명히 객관성 없는 주관적인 판단일 때가 많다. 때문에 우리는 정치, 사회, 경제와 관련된 다양한 문제들이 불거질 때마다 이에 대해 의견을 피력하는 당사자나 그를 둘러싼 아군들의 말이나 행동을 두고 공정성, 객관성에 대한 논란이 자주 발생하는 것을 볼 수 있다. 따라서 그에 따른 결과 역시 '과연 공정한가?', '객관성을 최대한 부여한 후 나타난 결과인가?'에 대한 의문이 던져질 때가 많다.

어느 유명한 시사전문 방송인을 두고 '객관성을 잃지 않는 진행자이기에 늘 냉정하고 중간자적인 태도가 분명한 언어를 잘 사용하는 사람' 이라고 말하기도 한다. 방송 진행자나 기자들은 당연히 객관성을 잃지 않는 언어 사용과 태도가 중요한 게 사실이지만 자본주의 사회에서의 현실은 집단이기주의나 물질주의 또는 권력의 힘에 의해서 얼마든지 그 객관성과 공정성이 무너질 수도 있다. 물론 좋은 현상은 아닌 것이다.

대인 관계 시 대화에서도 마찬가지로 이 같은 주관적인 사고나 감성에 기울어지는 쏠림현상이 나타나곤 한다. 상대와의 관계를 생각할 때 '이왕이면 다홍치마' 라는 말처럼 상대의 말에 동조해 주고 칭찬해 주는 것이 자신에게 해가 될 일은 없기 때문이다. 하지만 객관적인 관점을 조금이라도 남겨두고 대응하는 습관을 지니는 것이야말로 현명한 선택이 아닐까 싶다. 더욱이 상대와의 관계가 아주 절친 관계로 발전하지 않았을 경우에는 무작정 '좋아', '맞아' 라고 말하는 사람에 대해 오히려 신뢰성을 갖지 않을 수도 있다. 서로의 속을 모르는 상황에서는 상대에게 아부형 인간이나 단순한 사람으로 비춰질 수도 있기 때문이다.

적절한 타이밍에 필요한 말만 해라

"그 친구 정말 눈치 없어. 아니 하필이면 왜 그 순간에 주책없이 그런 말을 해서 분위기를 썰렁하게 해."

"김부장이 잘못한 거야. 오늘 만난 자리는 그냥 인사만 나누는 자리야. 그런데 제품 가격이 외국제품보다도 비싸고 어쩌고 하면 그 사장 기분이 좋겠어?"

"아침부터 그 따위 불만 털어놓으면 기분 좋니? 어휴 정말."

말을 해야 할 때와 하지 말아야 할 때가 있다. 또 해야 할 말과 반드시 하지 말아야 할 말이 있다. 이런 대화 테크닉을 알면 상대를 한결 즐겁게 해줄 수 있으며 상호관계 유지에 큰 도움이 된다. 반대로 정작 말해야 할 때를 놓치거나 엉뚱한 말로 타인에게 방해가 되거나 불편한 상황을 만든다면 대화는 더 이상 즐거워질 수 없다. 만일 비즈니스 시에 벌어진 일이라면 엄청난 후회거리를 만드는 셈이다.

결혼과 가족 문제에 관한 책을 20권 쓴 미국의 심리학자 케빈 르먼 박사가 쓴 『남자 이해하기』에는 '적당한 때를 기다려 요령있게 말하라' 는 대목이 있다. 남자들은 돈을 통제의 개념으로 생각하기 때문에 '내가 벌었으니까 내가 쓴다' 고 생각한다. 그러나 여자들은 남편의 세세한 지출 모두를 통제하려고 한다. 이를 테면 남편에게 "쓸데없는 티타늄 드라이버를 살 돈이면 구두 다섯 켤레는 사겠다."고 말하는 식이다. 실제로 가정에서 여성들은 남편이 무언가를 사오면 어디서 왜 얼마에 구입했느냐고 따져 묻는 습관이 있다. 그리고 "잘 샀다"는 동조의 말보다는 "지금 그게 왜 필요한가." 또는 "할인점에 가면 그보다 훨씬 싼데."라고 공격하는 습관이 있다. 이럴 경우 남편에게 반발만 살 뿐이다. 차라리 그 당시에 묻지 말고 궁금하면 시간이 지난 후에 물어보고 합리적이지 못했다면 좋은 말로 남편에게 다른 방법을 권유하는 편이 훨씬 현명한 일이다.

그런가하면 이 책에서 케빈 르먼 박사는 아내는 여자 친구와 대화하듯 남편과 대화하기를 원하며 어려운 문제에 부닥치거나 자신의 감정을 정리하려 할 때 말로 풀어내려 하지만 남자는 말하기 전에 먼저 생각을 정리한다고 말한다. 따라서 아내들이 하고 싶은 이야기의 서론을 90% 정도 잘라내고 핵심만 말하면 결혼생활의 질을 훨씬 높일 수 있다고 전한다.

부부든 사회생활에서 이루어지는 인간관계든 대화 시에는 적절한 타이밍에 맞추어 꼭 필요한 말을 했을 때 보다 최상의 효과를 얻을 수 있다. 여러 명이 대화를 나누거나 업무상 여러 사람 앞에서 프레젠테이션 시 갑자기 상대의 말을 가로 채는 사람, 상대가 말하는데 엉뚱한 질문이나 얘기를 꺼내 상대로 하여금 이어서 말할 기분이 나지 않게 하는 사람들이 있다. 상호간의 커뮤니케이션의 단절이나 오해를 불러오는가 하면 심각한 경우 화를 불러일으켜 싸움으로 치닫는 일도 발생한다.

대화 시 적절한 타이밍에 맞춰 자신의 생각이나 전달하고자하는 의견을 말하는 것은 기본적인 매너이자 에티켓이기도 하다. 저자는 취재기자 생활을 하면서 인터뷰 시 적절한 타이밍에 맞춰 대화의 흐름을 이어가려는 노력을 기울이곤 한다. 이는 비단 저자만이 아니라 수많은 취재기자들과 방송의 토크쇼나 대담 진행자들도 같은 입장일 것이다. 특히 상대가 말을 너무 늘어뜨려서 말할 기회를 갖지 못하게 하거나 대화의 주제에서 벗어나 엉뚱한 쪽으로 흘러가는 경우가 종종 있다. 이런 경우 진행을 담당하는 사회자나 인터뷰를 이끄는 기자는 수수방관하며 지켜보아서는 안 된다. 어느 시점, 즉 적절한 때에 치고 들어가 상대로 하여금 더 이상의 진행 방해나 말실수가 없도록 해야 한다. 그 타이밍을 잘 찾아내 상황에 맞는 말로 치고 들어가는 것, 그것은 화술로 가능한 것이다.

대화를 나눌 때 상대가 원치 않는 수다나 지루한 시간이 되지 않길 원한다면 이제부터는 내가 어느 시점에서 상대에게 의견을 피력하고 또 어떤 말을 해야만 분위기가 악화되지 않고 잘 유지되는 가운데 상대를 빨리 이해시킬 수 있을까에 대해 신경을 써야만 한다. 그것은 다양한 대화 경험을 통해 얻어지는 일종의 '감'이다. 다시 말해 노력을 통해 길러지는 테크닉인 것이다.

침묵을 수수방관하지 마라

잭 웰치 GE 전 회장은 평소 기업에서 '침묵은 금이 아니다'라고 강조했다. 그는 직원들이 경영진과 큰 목소리로 논쟁을 벌이고, CEO가 비판의 소리를 잘 들어주는 기업이 살아 있는 기업이라는 것이다. 따라서 거대 관료주의 기업에서는 경직된 분위기를 깨고 직원들이 자신의 생각을 자유롭게 말할 수 있어야 하며 존중받아야 한다는 것을 강조하곤 했다.

최근 들어 국내 기업들도 조직 내 의사소통의 중요성을 강조하며 열린 커뮤니케이션을 추구하고자 다양한 제도를 마련하고 있는 상황이지만 잭 웰치 회장이 강조하는 정도의 수준에는 전혀 못미친다. 한국의 기업에서 직원들이 경영진과 논쟁을 벌인다는 것은 감히 있을 수 없는 일이다. 제안이나 건의는 할 수 있지만 평직원과

임원이 직접 얼굴 맞대고 내 의견이 맞다고 큰 소리로 말하는 기업이 있다는 말은 들어 본 적이 없다. 여기에는 동서양의 문화적 차이가 있기 때문에 마냥 잭 웰치의 주장이 100% 옳다고만 할 수는 없는 일이다.

그러나 대인관계에서 '침묵은 금이 아니다' 라는 것은 분명한 사실이다. 서로의 속을 훤히 들여다보는 가족이나 막역한 친구가 아닌 이상 '남아일언중천금(男兒一言重千金)' 이라는 식의 현실과 맞지 않는 사고방식으로 입을 봉하고 사회활동을 하는 사람은 주변에서 환영받지 못한다. 그런가하면 현대사회는 자신의 주변에 설령 타고난 성격이 말수가 적은 사람이 있다 할지라도 상대로 하여금 벙어리인양 침묵을 즐기게 해서는 안 된다. 상호 인간관계의 발전에 한계가 있으며 각자의 삶에 이로울 것이 없다.

특히 타인과 소통하지 않고 스스로 한계를 만들며 살아가는 당사자는 최소한의 사람들과 소통하고 또 자신이 정한 테두리 내에서만 활동하게 되어 있는 만큼 각계 각층의 다양한 사람들과의 대인관계가 불가능하다. 인간관계의 폭이 좁다보니 사고의 다양성과 유연성도 매우 부족하며 힘들고 어려운 상황에 처했을 때 그 상황을 극복해나가는 과정은 더욱 힘들 것이다. 이를 테면 '왕따' 로 살아가는 것과 같은 셈이다. 이런 사람들의 경우 주변에서 변화를 유도해야 한다.

사회활동 하다가 만난 사람들 중에는 상대의 인성이나 매너가 너무 좋아서 친구처럼, 선후배처럼 인간관계를 유지하고 싶을 때가 있다. 하지만 만나면 말수가 적어서 서먹서먹한 기분이 느껴진다. 두 시간이고 세 시간이고 함께 식사하고 술 한 잔 하면서도 상대는 타고난 성격 때문에 말이 없다. 이런 저런 얘기를 혼자서 하다보면 갑자기 '나 혼자만 얘기 하고 있네' 라는 생각이 들면서 자신마저도 말을 아끼게 된다. 이쯤 되면 만남이 정말 밋밋하고 재미없음 그 자체다. 이런 일이 반복되다 보면 나중에는 먼저 전화를 걸어 약속을 하는 것도 꺼려지고 그러다보면 자연스럽게 멀어져 갈 뿐이다. 물론 상대가 서로의 관계가 멀어지길 원한 것은 아닌데도 혼자서 북치고 장구 치고 노래하는 것이 힘들기 때문에 스스로 포기하는 것이나 다름없다.

같은 상황일지라도 화술의 달인이라면 다르다. 어떻게 해서든 상대로 하여금 입을 열게 만들 것이다. 우리 주변에서 보면 말수 적은 사람들을 두고 대다수의 사람들이 "그 친구 만나면 할 얘기가 없어. 워낙 말이 없으니까."라고 말하는데 유독 어떤 한 사람만 "그 친구가 말이 왜 없어. 나하고는 얼마나 재미있게 수다를 떠는데."라고 말하는 경우가 있다. 그렇다면 후자에게는 개그맨이 유머로 무표정한 사람의 얼굴에 웃음꽃이 피게 하는 것처럼 말 잘하는 사람은 벽창호 같은 사람의 가슴도 활짝 열어젖히며 그로 하여금 자신의 가슴속에 숨겨둔 많은 이야기를 꺼내게 하는 무기가 있는 것이다. 그것이 진정한 화술 테크닉이 아니겠는가?

말수 적은 상대의 입을 열게 하려면

● 먼저 상대를 웃게 하라

사람은 마음이 즐거워야 입이 열린다. 아무리 내성적이거나 과묵한 사람이라 할지라도 즐겁게 웃다보면 분위기가 편해져서 마음의 문이 열리며 닫혔던 입도 열게 된다.

● 부담이 없는 테마로 화두를 만들어라

무거운 얘기를 하면 평소 말을 잘 하던 사람들도 부담스러워하거나 불편해 한다. 일반적인 대인관계에서의 대화라면 서로 편안하게 말할 수 있는 공통된 주제로 대화를 나눈 것이 바람직하다.

● 상대의 관심사에 대해 질문하라

사람들은 자신이 관심 있는 분야나 잘 알고 있는 분야에 대해서는 자신감을 갖고 말을 하게 된다. 말이 적은 상대에게는 그 사람의 직업이나 좋아하는 취미를 알아내서 그에 대한 얘기를 하면 한결 편안하게 말문을 연다.

같은 이야기로 5분 이상 끌지 마라

2011년 10월로 이명박 대통령의 라디오 연설이 2년을 넘어섰다. 난로 곁에 앉아 편안하게 얘기하듯 하는 라디오 연설, 즉 노변정담(爐邊情談)은 본래 1930년대 대공황에 빠진 미국의 루스벨트 대통령이 사용했던 방식으로 이대통령의 방식은 이를 벤치마킹 한 셈이다.

루스벨트는 역사가와 정치인들에게 뛰어난 의사소통 능력의 소유자로 평가받고 있다. 그의 연설은 설득력이 강해 미국인들의 영혼을 흔들 정도로 강력했고 2차 대전을 승리로 이끌었으며 경제를 회생시켰고 국민들에게는 정치에 대한 신뢰를 심어 준 것으로 평가받고 있다. '어떤 충고일지라도 길게 말하지 마라'는 서양속담이 있다. 제2차 세계대전 당시 4선의 미국 대통령으로 취임한 루스벨트는 단 3분 만에 취임사를 끝냈다. 전쟁 중에 한가하게 연설을 할 시간이 없으니 모두 일터로 돌아가 빨리 전쟁을 끝내자는 의미에서였다.

말을 많이 한다고 해서 그 사람의 화술이 뛰어나다고 볼 수는 없다. 말을 많이 한다는 것과 잘 한다는 것은 별개의 것이다. 같은 주제를 갖고 얘기를 하더라도 어떤 사람은 5분 동안 핵심을 짧고 강하게 전달하며 빨리 끝내는 사람이 있는가하면 한 시간 동안 질질 끌며 말하지만 듣는 사람으로 하여금 무슨 얘기를 들었는지 혼돈스럽게 만드는 사람도 있다.

업무적인 프레젠테이션 자리가 아닌 모임이나 행사장에서 단상에 올라가 말할 기회가 주어졌다면 한 가지 이야기로 5분 이상 길게 가면 안 된다. 주어진 시간이 30분이라면 인사와 서론을 펼쳐놓은 후 전하고자하는 메시지의 주제는 같을지라도 서로 다른 사례나 경험담을 두세 가지 이어서 말하고 후미에서는 핵심 포인트를 강조해 주는 식이 좋은 방법이다. 이를 테면 환경 문제에 대한 경각심을 불러 일으켜야 하는 강연에서 공장의 오·폐수에 대한 사례 하나로 20분 이상 끌어간다면 강연을 듣는 사람들 십중팔구는 지루함을 느끼면서 졸음 속으로 서서히 빠져들 것이다. 교수가 강의 시 학생들이 자연스럽게 강의 내용에 집중하게 되는 시간은 시작 후 15분을 넘기지 못한다. 시간이 흐를수록 집중력은 떨어진다. 이 때문에 강의 잘하는 교수들은 도중에 유머 감각을 발휘하여 학생들이 웃게 하고 명강사들은 에피소드나 경험담을 들춰내서 지루하지 않으면서도 전달하고자하는 메시지를 즐겁게 전하는 것이다.

일반 대화 시에도 마찬가지다. 여러 사람이 모인 자리에서 혼자서 한 가지 이야기로 5분 이상 장황하게 이야기를 이어간다면 다른 사람들의 표정과 자세가 달라질 것이다. 따분함과 동시에 상대의 이야기가 길어짐으로써 자신이 하고 싶은 말을 하지 못하는 것에 대한 불만이 생겨나게 된다. 아무리 즐거운 얘기일지라도 사람들의 관심과 흥미는 곧 사라질 수밖에 없다. 자신이 하고 싶은 얘기가 있으면 2, 3분에 걸쳐 말하고 다른 사람에게 말할 기회를 부여해야 한다. 더 하고 싶은 말이 있다면 다른 사람들이 마땅히 할 얘기가 없어 머뭇거리거나 침묵이 흐를 경우 시기적절하게 뛰어들면 된다.

쉽고 단순한 언어로 말해라

20여 년 전 신문사에 취업하여 취재기자가 되어서 첫 기사를 썼을 때의 기억이 아직도 생생하다. 원고지 5매를 채우기 위해 무려 4시간 이상을 끙끙거렸다. 수십 장의 원고지를 도중에 찢어서 휴지통에 넣었으니 마치 문학 작품이나 쓴 것처럼 뿌듯하다는 느낌이었다. 드디어 데스크의 책상에 원고를 올려놓자 3분도 안 되어서 원고지 5매는 산산이 부서져 허공 속에 던져진 이름처럼 선배와 동료, 그리고 내 책상 위에서 맴돌다 가라앉았다. 그리고 데스크 입에서 나온 말은 아주 간단명료했다.

"지금 소설 쓴 거야? 기사는 초등학교만 졸업한 사람이라면 누구나 이해할 수 있는 쉽고 단순한 언어로 작성하라고 했잖아."

물론 그 후로도 여러 차례에 걸쳐 비슷한 지적을 받으면서 수습

기자 시절을 보내야 했지만 시간이 지나고 나서 강단에 섰을 때 나는 학생들에게 그 당시 데스크가 했던 말과 똑같은 말을 했다.

내용을 전달하는 효과적인 방법으로 SES법칙이란 것이 있다. 'Simple(단순하게), Easy(쉽게), Short(짧게)', 즉 이 법칙은 말할 때보다 효과적이라는 것이다. 글이든 말이든 전달효과에서는 이 방식이 통한다. 연구논문 발표나 전문분야 프레젠테이션이 아니고 다수의 사람들에게 메시지를 전하고자한다면 누구나 빨리 알아들을 수 있는 쉬운 언어를 선택하되 소설처럼 복잡하게 늘어지는 문장 구성은 피하고 단순한 문장으로 말하되 길지 않고 짧아야 한다.

이 방식은 직설화법의 한 갈래이기도 하다. 쉽고 짧고 단순한 화술은 상대로 하여금 빠른 이해를 돕고 메시지의 힘을 보다 강력하게 만들어준다. 이 때문에 말 잘하는 정치인들은 이 방법을 자주 사용하곤 한다.

달변가였던 노무현 전 대통령은 직설법, 단문형 비유법을 즐겨 사용했다. 특히 국회의원 시절 5공 청문회는 물론이고 재임기간에도 노대통령이 보여 준 가감 없고 소탈한 화술은 국민들로부터 후한 점수를 받는 요인으로 작용하기도 했다.

대선후보 시절 한 대학 강연에서 "미국에 안 갔다고 반미주의자냐. 또 반미주의자면 어떠냐."고 말해 박수가 터져나왔고, 방일 중 일본 공산당 위원장을 만나서는 "나는 한국에서도 공산당이 허용될 때라야 비로소 완전한 민주주의가 될 수 있다고 생각한다."고 말했다. 또 국회 국정연설에서는 "투기와의 전쟁을 해서라도 집값을 안정시키겠다."고 짧고 강하게 말했다.

정치 관련 화술이 아닐지라도 어려운 용어나 호흡이 긴 말을 듣기를 좋아하는 사람들은 없다. 예를 들어 보자. 마케팅 전문가가 기업을 방문하여 직원들을 대상으로 강의를 할 경우 "현대 사회는 산업사회로의 급진전으로 핵가족화시대가 되었으므로 마케팅에서 제품의 양으로 승부 걸기보다는 질로써 승부를 걸어야 하며 비주얼시대인 만큼 패키지 디자인에 신경을 써야 한다고 봅니다."라고 말한다면 쉬운 말로 해도 될 걸 참으로 겉치장 많이 하면서 어렵게 말한다는 욕을 듣게 것이다. 이렇게 말하기보다는 차라리 쉽고 편안하게 "요즘 가정들 식구수가 적습니다. 고품질 소량화를 추구하되 보기 좋은 떡이 먹기 좋은 것처럼 포장에 신경을 써야겠지요."라는 말이 훨씬 효과적일 것이다.

상사에게는 두괄식으로 말해라

책을 가까이하는 CEO로 잘 알려진 포스코 정준양 회장은 사내 신문인 포스코신문과의 인터뷰에서 '상사에게 다가서는 방법'과 관련하여 자신이 신입사원들을 교육할 때 당부했던 내용들을 밝힌 바 있다. 타이밍과 분위기를 잘 맞춰야 하며 불가능하다는 말을 하지 말고 남들이 싫어하는 일일수록 앞장서는 모습을 보여야 한다는 것이다. 또 어떤 일이 있어도 싫은 기색은 보이지 말고 정기적으로 기획서를 상사에게 제출하면 좋으며 자신의 실수를 겸허히 인정하라고 했다. 그리고 화술과 관련된 한 가지 '결론부터 말하라'라고 했다.

직장생활에서 부하 입장에서 일할 때 누구나 고민하는 것은 다름 아닌 '상사 앞에서 말을 해야 할까 말아야 할까, 무슨 말을 해야 할까, 어떻게 말하면 좋을까' 이다. 실제로 국내의 한 구인구직 포털업체에서 직장인을 대상으로 '직장과 면접장에서 소통하기' 란 주제로 설문조사를 한 결과, 응답자들은 '직장에서 성공하기 위한 가장 중요한 능력' 으로 64.1%가 '커뮤니케이션' 을 꼽았으며, 직장생활에 있어 가장 어려운 점으로는 79.1%가 '상사와의 커뮤니케이션' 이라고 답한 것으로 나타났다.

직장 내에서 늘 가까이 있긴 하지만 업무와 관련하여 더 가까이 다가서기에는 너무도 부담 느껴지는 상대가 바로 상사다. 부하 입장에서는 상대의 성격이나 스타일이 마음에 안 든다고 해서 마음대로 버릴 수도 없고 따르지 않고 거부할 수도 없는 그야말로 무서운(?) 존재가 상사다. 게다가 하루에도 몇 번씩 보고를 하고 지시를 받고 의논을 해야 하는 상대이고 보니 눈앞의 상사는 언제 어떤 상황이 벌어질지 몰라서 늘 긴장 상태를 유지하게 만드는 쓰나미 같은 사람이다.

하지만 의사소통이 이루어지지 않고서는 일 자체가 진행될 수 없으니 '피할 수 없으면 즐겨야 한다' 는 말처럼 상사와의 커뮤니케이션은 필수다. 어떻게 하면 좋을까?

상사에게 말할 때는 '결론부터 말하라' 고 한 포스코 정준양 회장의 조언은 직장인들에게는 그냥 지나칠 수 없는 최적의 화술테크닉이다. 기업을 배경으로 한 드라마를 보면 자주 등장하는 장면 중 하나가 상사 앞에서 잔뜩 주눅이 들어 벌벌 떨며 말을 더듬는 부하들의 모습이다. 그럴 때마다 상사들은 다그친다.

"그래서 어떻게 됐다는 거야. 필요 없는 얘기는 집어 치우고 결론부터 말해. 나 그렇게 한가한 사람 아니거든."

기업은 날마다 경제 전쟁이 일어나는 현장이다. 시간싸움인 만큼 미주알 고주알 늘어놓다가 "그래서 결론은 이렇습니다."식의 미괄식 보고는 상사들에게 환영받지 못한다. 물론 경우에 따라서 부하가 조목조목 자세하게 상황이나 실태를 설명하면 그에 따라 종합적인 판단을 직접 내리는 상사들도 있지만 일반적으로 부하로부터 보고받을 때 결론은 뒤로 감추고 구구절절 설명을 늘어놓는 상황을 좋아하는 사람들은 극히 드물다.

상사에게 보고할 때에는 결론부터 간단명료하게 말한 다음 그 이유나 원인을 일목요연하게 축약시켜서 상대가 빨리 이해가 되도록 설명하는 것이다. 그 다음 부연설명을 원할 경우에만 상세하게 조목조목 말하면 된다.

단 직장이 아닌 가정이나 일반 대인관계에서는 상황이 다르다. 결론부터 말할 경우 자칫하면 당돌하거나 버릇없는 사람 취급 당할 수도 있다. 특히 상대에게 승낙을 요하는 일인 경우에는 조심스럽게 풀어나가는 미괄식보고가 현명하다.

상사와의 대화 시 이런 것은 반드시 조심해라

● 정확한 수치를 말하라

보고받을 때 '대략 ○○○○원 정도', '약 ○○○○원'이라는 표현을 좋아하는 상사는 없다. 경제활동의 리더인 그들은 수치에 매우 민감하므로 정확한 수치를 말해야 능력을 인정받는다. 보고서의 수치 역시 정확하게 맞아떨어지지 않으면 무능력한 부하로 취급한다.

● 진지하게 들어라

상사가 말할 때는 일단 진지한 자세로 적극 수긍하는 태도를 보이면서 경청하는 것이 현명하다. 상사의 말을 듣는 둥 마는 둥 하면서 다른 행동을 취하거나 중간에 토를 다는 일, '아니오'라고 거부 반응을 보이는 것은 옷벗을 일을 자청하는 것이다.

● 애매한 표현은 하지 마라

상사들은 정확하지 않은 애매모호한 말을 싫어한다. '~같습니다', '~ 경우라면', '만약에 ~', '어쩌면~', '~할 수도 있을지 모릅니다' 식의 표현은 금물이다. '예', '아니다', '했다', '안했다' 식으로 정확하게 말하라.

● 상사의 콤플렉스를 건드리지 마라

결혼, 운동, 가족, 학교, 외모, 나이, 능력, 취미, 노래 등 다양한 얘깃거리 중 상사가 자신의 단점으로 생각하고 있는 콤플렉스는 건드리지 마라.

타고나는 게 아니라 길러지는 것이다

달변은 타고나는 것일까? 아니면 길러지는 것일까?

목소리나 성격, 지능 등을 유전적으로 물려받아 타고난 달변가인 사람도 없진 않겠지만 현대사회에서 뛰어난 화술을 갖추려면 후자가 맞을 것이다.

국내의 경우 최근 10여 년 사이에 화술·화성 훈련 사설교육기관들이 부쩍 늘어났다. 그만큼 배우고자하는 사람들이 많다는 얘기이기도 하고 교육과 훈련을 통해 얼마든지 말 잘하는 사람이 될 수 있다는 것을 말해 주기도 한다. 직업적으로 화술·화성이 매우 중요한 연극배우의 경우 극단에 들어가면 선배들로부터 제일 먼저 받는 교육이 발음·목소리 연습이었다. 최근에는 전문교육기관들이 생겨나면서 극단 단원 선발시 교육훈련 수료자에게 가중치를 부여한다고 한다.

또 법정에서 말로 진검 승부하는 공판중심주의가 강화되고, 일반 국민으로 구성된 배심원단이 형사재판에 참여하는 국민참여재판이 시행되면서 검사·변호사들의 화술 능력이 매우 중요시되고 있다. 검사들이 법정에서 평범한 시민 5~9명으로 구성된 배심원단을 상대로 피고인의 범죄혐의를 입증해야 할 때 검사의 구술 변론이 배심원들에게 설득력 있게 전달되려면 표정과 목소리가 매우 중요하다. 이 때문에 검사 교육을 일임하고 있는 법무연수원의 교육 커리큘럼에 스피치와 의견진술 기법, 연극기법, 모두진술 구성, 공판 시뮬레이션 등 실제 법정에서 활용되는 화술 능력을 기르는 과목들로 구성되어 있다고 한다. 이 때문에 검사, 변호사들 중에는 개별적으로 사설학원을 다니는 이들도 있다고 한다. 그런가하면 유명 결혼정보업체가 '혼활(결혼활동) 캠프'를 열어 연애 화술을 교육시키는 일도 생겨났다.

이쯤 되면 화술은 누구에게나 중요하며 가만히 앉아서 이루어지는 게 아니라는 것이 확인되는 것이다. 특히 화술이 교육 훈련을 통해 길러진다는 것을 더욱 극명하게 증명해 주는 것 중 하나는 성공학의 아버지로 불리는 데일 카네기에 의해 생겨난 인간관계, 스피치 & 커뮤니케이션, 리더십 등의 '카네기 교육코스'가 국내는 물론이고 전 세계에서 지속적으로 운영되고 있다는 사실이다.

그렇다면 화술은 노력의 산물인 셈이다.

반드시 사설교육기관이 아닐지라도 스스로의 노력을 통해서도 화술 능력은 연마할 수 있다. 일단 다양한 사람들과 자주 어울리면서 다양한 대화를 나누다보면 자연스럽게 새로운 정보나 지식도 축적된다. 또 대화가 오가는 가운데 말에 대한 자신감도 생겨나고 어휘력도 늘고 성량도 풍부해질 수 있다. 여기서 한 단계 더 노력을 기울인다면 독서를 자주 하는 것이다. 책 속에는 우리가 대화할 때 필요한 중요한 소재거리와 적절한 표현이 될 수 있는 명언들이 무수히 숨어 있기 때문이다. 또한 TV나 영화를 보면서 인상 깊은 대사가 있으면 메모해 두거나 암기해 두었다가 연설이나 대화 시 적절히 사용하는 것도 좋다.

감나무 아래 가만히 누워서 홍시가 떨어지기를 기다리지 마라. 화술을 위해 노력해야 할 것이 있다면 적극적으로 배우고 익혀라. 돈 들이지 않고 시간을 많이 허비하지 않으면서도 화술 테크닉을 기를 수 있는 방법은 수도 없이 많다. 중요한 것은 당사자의 의지와 노력이다.

정확한 발음이 전달력도 강하다

올해 82세로 스포츠해설가인 빈 스컬리는 미국 야구계의 '살아 있는 전설'로 불린다.

브루클린 다저스 시절을 포함해 60년 이상 LA 다저스 경기를 해설해 오고 있는 인물이다. 이런 그에게 야구선수 박찬호는 아주 감사해야 할지도 모른다. 그는 박찬호를 '찬호 팍(Park)'이라고 정확히 발음한 최초의 미국인 중계자로 알려져 있다. 그가 아니었다면 박찬호는 미국 프로야구 데뷔 초창기처럼 아직도 '찬호 팩'으로 불리고 있을지도 모른다. 박찬호의 데뷔 당시 여자 골퍼 가운데 박세리가 이름을 날리고 있었는데 미국에서 그녀의 이름은 '세리 팩(Pak)'으로 불렸다. 이 때문인지 박찬호를 '찬호 팩'이라고 부르는 사람이 많았다고 한다. 하지만 빈 스컬리는 박찬호의 라스트 네임은

박세리의 'Pak'이 아니라 'r'이 들어 있는 'Park'이라는 것을 생각하고 아무래도 'r' 발음이 들어가는 게 정확하다고 생각했다는 것이다. 그래서 그는 직접 라커룸에 찾아가 찬호에게 정확한 발음이 뭐냐고 물었고, 그 후로 '찬호 팍(Park)'으로 제대로 된 발음으로 해설을 했다고 한다. 그야말로 명 해설가다운 면모가 아닐 수 없다.

우리가 말할 때 정확한 발음은 매우 중요하다. 아나운서나 연극인이 아닐지라도 발음이 잘못 나가면 듣는 사람이 말을 제대로 알아듣지 못해 자칫하면 오해를 불러오는 일도 생긴다. 게다가 발음이 정확하지 않은 사람들과 대화를 오랫동안 나누려는 사람들은 없다. 일단 듣기 거북하기 때문이다.

사람들은 미국 대통령 버락 오바마를 화술의 달인이라고 말한다. 이 때문에 '화술' 하면 오바마는 빠질 수 없는 인물이 되어 버렸는데 국내 매스컴에서 오바마의 화술에 대해 특히 강조된 것은 스토리텔링이었다. 자기 자신의 우울했던 성장시절 얘기마저 적당히 연결시켜 자신이 하고자하는 핵심내용과 연계되는 이야깃거리로 만들어 말하기 때문에 대중이 보다 쉽고 흥미롭게 빠져들게 되고 그리고 감동을 받으면서 그가 강조하고자하는 내용을 보다 강하게 알아들을 수 있게 한다는 것이다. 하지만 스피치 전문가들 중에는 오바마의 연설 내용은 고사하더라도 시원시원한 그의 음성과 정확한 발음과 간결한 문장구사는 청중들의 이목을 집중시키기에 충분하다고 말한다.

발음이 정확한 사람의 말은 지속해서 들어도 지루하지 않으며 상대가 전달하고자하는 내용이 귓속으로 쏙쏙 들어온다. 거기다 이야기가 재미있고 목소리까지 좋다면 그야말로 듣는 것 자체가 즐겁고 맛있게 느껴진다. 하지만 아무리 즐거운 내용이거나 자신에게 아주 중요한 내용일지라도 말하는 사람의 발음이 정확하지 않고 어설프면 짜증만 날 수밖에 없다. 이 정도면 발음이 중요한 이유는 더 이상 거론을 하지 않아도 될 일이다.

그렇다면 정확한 발음을 위해 우선되어야 할 것이 무엇인가? 전문가들은 바른 입 모양을 유지하게 되면 발음은 물론이고 발성 또한 좋아진다고 한다. 발음이 정확하지 않은 사람들은 노래 또한 잘 부르지 못한다. 발음과 발성은 밀접한 관계가 있으며 발음이 제대로 되지 않을 경우, 노래를 부르는데 힘이 많이 들어가고 좋지 않은 습관이 생기기 때문이다.

정확한 발음을 내는 요인은 턱의 모양과 구조와 같은 선천적인 것이 있고 그로 인해 굳어진 잘못된 습관처럼 후천적인 것이 있는데, 아나운서나 연극배우들은 이를 교정하기 위해서 꾸준히 연습을 한다. 기본 단 모음 6개의 '아, 어, 오, 우, 으, 이'의 발음을 거울을 보며 꾸준히 연습하는 것이다. 올바른 발음에 익숙해지면 그 다음은 그 입 모양을 잘 생각하며 자음을 붙이는 연습을 하게 된다. 흔히 아나운서들은 발음을 교정하기 위해 볼펜을 입에 물고 연습하는데 이는 턱을 잘 움직이지 않고 발음하기 위해서라고 한다.

화술이 중요하다고 생각한다면 지금 당장 자신의 발음이 어떠한지 체크해 보는 것은 꼭 필요한 일 중 하나일 것이다. 만일 발음에 문제가 있다면 방법은 하나다. 연습이다. 올바른 발음 발성 연습은 화술과 성공을 꿈꾸는 본인 자신을 위한 일이기 때문이다.

화술에 적용 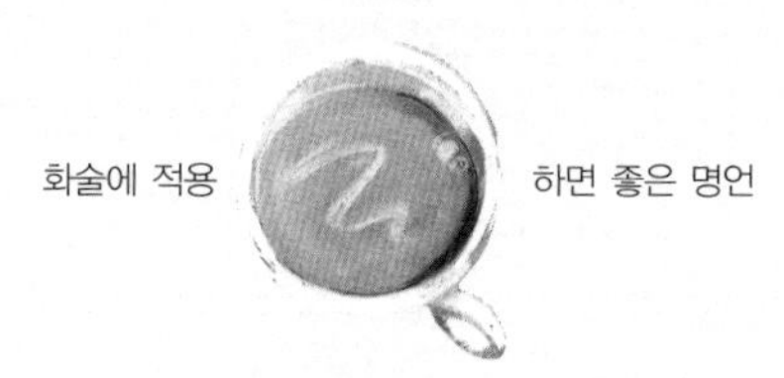 하면 좋은 명언

성공하기를 원하는가? 그렇다면 이미 개척해 놓은 성공의 길이 아니라 그 누구도 가지 않는 새로운 길을 개척해야만 한다 (로드 파머스턴)

남이 이미 일궈놓은 길을 따라간다면 성공하기 어렵다. 성공하기 위해서는 남이 가지 않은 새로운 길, 즉 틈새의 길을 찾아 개척하면 경쟁자가 없기 때문에 성공이 한결 빠르고 가능성도 높다. 개척자적인 정신, 선구자적인 역할이 성공을 부른다는 말이다.

인생이란 행복한 자에게는 너무 짧고, 불행한 자에게는 지나치게 길다 (사무엘 버틀러)

즐겁고 행복한 시간은 너무 빨리 지나가는 것처럼 느껴진다. 반대로 슬프고 괴롭고 힘든 시간은 너무도 길게만 느껴진다. 그렇다고 인생이 늘 행복하거나 불행한 것만은 아니다. 행복한 시간은 소중하고 감사하게 여기고, 불행한 시간은 인내하고 극복하는 게 현명한 자의 인생살이다.

인생은 댄스보다 씨름에 가깝다 (아우렐리우스)

산다는 게 늘 즐겁고 흥겨운 시간만 있는 것은 아니다. 오히려 아등바등 몸부림치면서 어렵고 힘든 현실이나 문제를 극복하기 위해 애쓰는 시간들이 더 많다. 하지만 그것마저도 인생이고 때로는 넘어지고 일어서는 씨름과 같은 시간들이 있기에 더 열심히 살아서 멋지게 성공하려고 노력하는 것인지도 모른다.

인간은 죽음을 두려워한다. 그것은 생을 사랑하는 까닭이다 (도스토예프스키)

죽음은 곧 무(無)다. 하지만 인간은 누구나 다 언젠가는 죽게 된다. 때문에 사람들은 죽음을 두려워할 수밖에 없다. 오늘의 내가 내일은 존재하지 않는다고 생각하면 그야말로 1분 1초가 아까울 수밖에 없다. 내 삶을 스스로 사랑할 때 죽음에 대한 두려움은 나로부터 멀어질 것이다.

삶이 있는 한 희망은 있다 (키케로)

죽음은 끝이지만 삶은 늘 희망을 꿈꾸게 한다. 살아 있다면 소망하는 무엇이든지 이룰 수 있는 기회가 주어진 셈이니 사는 동안 늘 희망을 품고 살아야 하는 것은 당연한 일이다. 절망하거나 좌절하지 말고 희망만 품고 살아야 인생은 훨씬 값질 것이다.

큰 희망이 큰 사람을 만든다 (토마스 풀러)

희망을 크게 가지면 성공도 그만큼 커진다. 과욕은 금물이지만 목표와 희망은 원대하게 갖는 것이 자신의 삶을 더 큰 성공으로 이끌어준다.

자기 능력은 생각하지 않고, 단숨에 몇 계단을 뛰어 올라가려는 사람은 성공하지 못한다 (데일 카네기)

능력은 부족한데 욕심만 많아서 노력하지 않고 빨리 이루려는 사람들이 종종 있다. 그런 사람들은 성공하기 어렵다. 능력은 부족할지라도 최선을 다해 노력을 기울이는 사람들은 시간이 좀 걸리더라도 언젠가는 원하는 목표를 이루고 성공할 수 있다. 차근차근 계단을 오르면 정상에 도달하듯이 성공은 조급하게 서두르지 않고 과정을 거쳐 일구어내는 것이다.

자기 신뢰가 성공의 제1의 비결이다 (에머슨)

자기 자신에 대한 확신이 없다면 어떤 일에서든지 성공하기 어렵다. 계획하거나 추진 중인 일에 자기 자신마저도 확신이 없는데 누구인들 신뢰를 갖겠는가. 자기 신뢰는 자신감과 용기이며, 곧 자기 책임이고 용기다.

자신이 제일 좋아하는 것을 해야 성공할 수 있다 (김영세)

한 분야의 전문가로 성공하는 대부분의 사람들은 자신이 좋아하는 일에 빠져들었다는 점이다. 그리고 오직 한길만 묵묵히 걸었다는 것이다. 사람들은 저마다 다양한 재주를 갖고 있다. 하지만 여러 가지를 동시에 몰두하여 성공하기란 불가능하다.

자신이 제일 좋아하는 것을 해야 성공할 수 있다 (김영세)

한 분야의 전문가로 성공하는 사람들의 대부분은 자신이 좋아하는 일에 빠져들었다는 점이다. 그리고 오직 한길만 묵묵히 걸었다는 것이다. 사람들은 저마다 다양한 재주를 갖고 있다. 하지만 여러 가지를 동시에 몰두하여 성공하기란 불가능하다.

인생은 겸손에 대한 오랜 수업이다

'벼는 익을수록 고개를 숙인다' 는 우리 속담처럼 인생을 바르게 오래 산 사람일수록 말과 행동에서 겸손함이 우러나온다. 인생을 대충 살거나 나이가 젊을수록 겸손의 미덕은 덜하다. 그만큼 겸손은 쉽게 생기는 것이 아닌 것이다.

성공은 밤낮없이 거듭되었던 작고도 작은 노력들이 한데 모인 것이다 (논어)

성공은 하루아침에 이루어지지 않는다. 주어진 시간과 기회에 부단히 노력을 거듭하다 보면 소리 없이 이루어지는 게 성공이다.

성공은 성공 지향적인 사람에게만 온다. 실패는 스스로가 실패할 수밖에 없다고 체념해 버리는 사람에게 온다 (나폴레온 힐)

긍정적으로 생각하고 적극적으로 행동하는 사람은 성공할 확률이 높다. 반대로 부정적이고 소극적인 사람은 실패가 빠르다. 모든 일은 마음먹기에 달려 있고 먹은 마음을 실천하는 것이 곧 성공을 부른다.

여가 시간을 가지려면 시간을 잘 써라 (벤자민 프랭클린)

하루 24시간 누구에게나 똑같은 시간이 주어진다. 활용하는 것은 각자의 몫에 달려 있다. 시간을 효과적으로 활용하지 못하는 사람들일수록 '시간이 없다' 고 말한다. 하지만 시간활용을 잘 하는 사람들은 자신이 하고 싶은 일을 다하기 때문에 '여가시간이 없다' 는 식의 말은 하지 않는다.

인생에서의 성공은 어떤 지위에 올랐느냐가 아니라, 장애물을 극복하며 성공하려고 노력하는 과정에 있다 (보커 T. 워싱턴)

성공도 중요하지만 그 과정은 더욱 중요하다는 것이다. 과정 없이는 성공이 있을 수 없기 때문이다. 인내와 노력, 그리고 극복의 의지 없이 이룬 엘리베이터식 성공은 그다지 아름답지도 않고 존경받지도 못한다. 하지만 온갖 장애를 극복하고 일군 성공은 더욱 값진 성공으로 사람들을 감동시킨다.

인생의 목적에는 일과 건강과 행복이다. 일에는 즐거움이 있고 건강이 있다. 자기 직분에서 즐거움을 느끼고 보람을 찾는 사람은 틀림없이 성공한다 (헨리 포드)

건강한 몸과 마음으로 자신이 즐거움을 갖고 열정을 바칠 수 있는 일에 뛰어들어 보람을 찾는다면 그것이 바로 성공으로 가는 지름길인 것이다. 자신이 원치 않는 일에서 아무리 성공한들 보람과 즐거움을 느끼지 못하면 그것은 성공이 아니다.

최후에 웃는 자가 승자이다

일이 잘되고 있다고 해서 섣불리 성공한 거나 다름없다고 말하면 안 된다. 경쟁자와의 차이가 커졌다고 해서 미리 성공했다고 자부해서도 안 된다. 경쟁에서의 승자는 최후에 웃는 자이다. 성급하게 승리를 호언장담하거나 뒤따르는 경쟁자를 얕보아서는 안 된다.

만족하게 살고, 때때로 웃으며, 많이 사랑한 사람이 성공한다 (A.J. 스탠리 부인)

진정한 성공은 부를 축적하고 명예와 지위를 얻는 것이 아니라는 얘기다. 자신의 현실에 만족하고 늘 즐거운 마음으로 많이 웃고 주변사람들을 많이 사랑하는 사람, 그 사람이 진정한 성공인이라는 것이다. 이를 테면 성공은 화려하게 보여지는 것이 아니라 잔잔하게 만족을 느끼는 삶, 그 자체라는 말이다.